ときどきぽっかりと穴の空くことがある。時間に[illegible]そういうときは、駅へ行く。

ミラノは、さほど大きくない町だ。東京で言えば[illegible]というところか。ドゥオーモと呼ばれる大聖堂を中心に、何本もの環[illegible]状に取り囲んでいる。空から眺めると、バームクーヘンのように目[illegible]ってその道の大半は、運河だった。海を持たないミラノに水上運搬[illegible]はレオナルド・ダ・ヴィンチである。大聖堂の建築には四百年余り[illegible]運河のおかげで建材や人材がより容易《たやす》く運ばれて、ミラノの基盤[illegible]ノも昔はヴェネツィアのような、水の町だったのだ。

現在では、市の南部に数本のみを残して運河はす[illegible]れ道路になっている。自動車の出現により水路だった頃をはるかに凌《しの》ぐ量と速さの運搬が可能となって、新時代のミラノの躍動を支えている。

ところがいったん加速度が付いた町は立ち止まることを忘れてしまい、度を超えた交通量のせいで町はすっかり汚れてしまった。ミラノは霧で知られる。アルプスを背後に控えて湿気が抜けない立地にもよるが、押し寄せる車や人、物の洪水に、町が呼吸困難になったせいもあるだろう。

町のために掘られたはずの運河に今、ミラノは逆に締め付けられている。

ミラノの南端に住んでいる。

家を出てドゥオーモに向かって直進し、越え、ちょうど町の反対側へ抜け出たところに、ミラノ中央駅がある。天気がよければ、円形のミラノを真二つに割る線上を辿るようにして、駅まで歩いていく。四、五キロほどの距離で、一時間強あれば駅近くの共和国広場に出る。広場から、駅が正面に見える。町の中央からの、北から南への、東西を結ぶすべての道を受け止めるように、あるいは送り出すように、駅は向こう遠くにそびえ立っている。広場から駅に向かって、幅広の道路がまっすぐ延びている。間に視界を遮《さえぎ》る建物はなく、ミラノの空が突然広がったように見える。有事に道路はそのまま滑走路として使えそうだ。

駅までの道路はそれだけ幅広だというのに、少しも賑々《にぎにぎ》しくない。商店街や市内外へのバス停留所があるわけではなく、通行人も少ない。延々と素っ気ないオフィスビルが建ち並ぶだけである。こちら側を歩いていると、反対側の様子はわからない。道路幅があり過ぎて、対岸にまで目が届かないのだ。歩道も不要なほどに幅広なので、いっそう閑散としている。よく考えれば、皆、電車に乗るために駅に行くのであって、駅舎の全景が見えるような遠い地点からわざわざ徒歩で向かうような物好きはいないのだ。駅の活気が見えてくるのは、地下鉄が乗り入れ、いくつもの路面電車、タクシーやバスの停留所が並ぶ駅舎のごく周辺からである。

地下鉄や路面電車に乗らずに徒歩で中央駅へ向かうと、ミラノの足先から心臓を越え、肺へ、そして口元へと次第に引き寄せられていくような錯覚を覚える。

ミラノ中央駅は、海のないこの町の港である。外海から押し寄せる波や風を迎え入れ、飲み込み、消化して、送り出す。

初めて私がミラノ中央駅を見たのは、いつだっただろう。

広大な正面玄関を通り抜けながら、記憶を遡《さかのぼ》る。

遠くから、電車の発着を知らせるアナウンスが聞こえてくる。

キャリーバッグを引きずる音。
待ち合わせていた人達が交わす挨拶。
バールに響く、カップが触れ合う音。
その合間に漂う、淹《い》れたてのエスプレッソコーヒーの香り。
聞いたことのない外国語の呼び声。
懸命に駆けていく若い男の靴音。
バサバサと羽音を立て、高い天井へ飛んでいく鳩。
愚《ぐ》図《ず》る幼な子。
恋人達が甘く笑う。
目の前の情景のモザイクとともに、昔へと引き戻される。

もう三十五年以上も前になる。夏が始まったばかりだった。
当時ローマからミラノへは、五時間も六時間もかかった。初めてのイタリアでの鉄道の旅である。どれだけ時間がかかろうと、たいした問題ではなかった。胸を弾ませ乗り込んだ電車は、ひどく古びていた。手入れは悪く、あちこちが壊れたままだ。車内灯はちゃんと点《つ》く、と喜んでいると、窓が開かなかったりした。

車内の清掃はごく大雑把で、窓は汚れて磨《す》りガラスのようで、通路や座席下には客が捨て置いた新聞紙やパン屑《くず》、綿埃《わたぼこり》が溜まっていて、旧式の車両はいっそうみすぼらしく見えた。それでも年季の入った、くたりとした合成皮革の座席に座るとゆったりと心地よく、いかにも異国情緒に溢れているのだった。

私が乗り込んだ電車は、ローマが始発ではなかったように思う。車両に付いたプレートには、見知らぬ町の名前が始発駅として記されていた。半島の南端にあるその町は地図の上で知るだけで、いったいどういうところなのか想像すらできなかった。大学の夏休みを利用した短い期間と、バイトで貯めた予算での旅行では、三、四ヵ所ほどの主要都市を回るのがやっとで、始発地点の南端の町のようなところまで行く余裕などなかった。

車内には、その遠い始発の町から乗り、ローマ経由でミラノまで行く人達も大勢いた。

「夜明け前から乗っているのですよ」

大きく膨らんだスーツケースを二個も荷物棚に載せ、足下にも重そうな革の旅行鞄を置き、スーパーで貰うようなビニール袋を膝に置いた若い男は慣れた風に言った。ビニール袋の中には、梨や杏《あんず》、板チョコの他に、ラップに包んだパニーニやプラスチックの容器に入れたサラダなどが入っている。数種の新聞や雑誌の他に分厚い本も携えていて、長距離の旅のプロという様子なのだった。

年配の女性や学生は短距離で下車していき、入れ違いにアタッシェケースを持ったビジネスマン風の中年男性が乗ってきたりした。どの乗客も同じイタリア人なのに、方言やアクセントが異なるのはもちろんのこと、話す速さや間合いの取り方、声の大きさまでもがまるで違った。

電車が北上するにつれて、車内の人の様子も、聞こえて来る会話の内容も刻々と変わっていった。ローマからミラノまでの距離は五百キロ余りだが、異なる国々を縫いながら旅する気分だった。初めての鉄道旅行で、縦断しながらイタリアという国の多様性を見るようで、ずいぶん得した気になったのを覚えている。

さまざまなイタリアの欠片《かけら》を詰め込んだ電車に揺られること数時間、ようやく私はミラノの中央駅に降り立った。ローマはもうすっかり夏だったのに、ミラノの駅は薄暗く首筋がひんやりとした。

二十を超えるプラットフォームがずらりと並んでいる。そのような広い駅を見たのは初めてで、足が竦《すく》んだ。数多くのプラットフォームが一目で見渡せるのは、高い屋根を支える柱が一本もないからだ、と気が付いた。

屋根は大きな鳥が羽を広げたように、遥か上方にあった。半月状の形をした鉄の梁《はり》が連なって天蓋《てんがい》となり、プラットフォームをひと抱えにするように覆っている。黒々とした厳《いか》めしい鉄骨は縦横無尽に組み合わさり、上方に向かって大きな曲線を描いている。巨大な太鼓橋を下側から見上げるようだ。天蓋とそれを支える両側の壁もすべて鉄骨でできていて間はコンクリートで埋められておらず、ガラス板なのかアクリル樹脂なのか、半透明の資材が使われている。そこからミラノの夏の夕方の日が白々と差し込んでいる。

コンコースには、一辺が優に二メートルはあろうかという敷石がはめ込まれている。オレンジがかった薄いピンク色と濃いグレーの二色の大理石が交互に並び置かれて、大胆な縞模様を描いている。

〈これがミラノなのか〉

長時間、古い車両内で乗客の郷里の話などをのんびり耳にしてきた後で、いきなり無骨な天蓋と斬新な床という強烈なコントラストの出迎えを受け、私は度肝を抜かれた。

コンコースを歩くと、床を斜めに走る縞模様がうねり寄せてくる波のように思えた。次々と押し寄せる波に足を取られないよう鞄をしっかりと持ち直し出口に向かったのを覚えている。

ミラノ滞在中にはドゥオーモを訪れたり、『最後の晩餐《ばんさん》』を観たり、スカラ座で天井桟敷《さじき》からオペラをひと幕だけ観劇したりした。広い城や公園は、近くを通る道すがら外壁や噴水を見るだけに留《とど》めた。

〈二日もあれば十分ではないか〉

まだ後にヴェネツィアを控え、南部にシチリアを取り残してきた私にとって、立ち寄ったミラノは見るべきものに乏しい町だった。

ところが今私は、そのミラノに暮らしている。

初めてイタリアを訪れてからこれまでの四十年近くの間に、都会から山奥の村、鄙《ひな》びた漁村と、数年おきに引っ越しを繰り返してきた。どの町に暮らしていたときも立ち去り難かったし、どの家に対しても、これこそ終《つい》の住処《すみか》、と信じて住んできた。

それほど愛着を持ったはずの土地や家を次々と後にして、結局は私にとってのイタリアの起点となったミラノへと戻ってきている。

さて、出発するわけでもないのに駅に来ている。

大階段を上りプラットフォームの並ぶ階へ着くと、ベンチに座る。御影石《みかげいし》でできていて、冷たくて硬い。

構内の喧噪《けんそう》に身を置くうちに、かつて各地で出会った人達やそのときどきに口にした食べ物、目を見張った光景が、次々と昨日のことのように蘇ってくる。記憶の彼方の情景は時間軸とは脈絡なく浮かび上がり、こちらへ押し寄せてきては泡となって消えていく。

駅は不思議なアルバムのようだ。分厚いページから漏れ落ちていたことも、ふとした拍子に鮮明に目前に戻ってきたりする。アルバムをめくるうちに、取るに足らないと片付けていたことや封じていた嫌な思いが、実は自分の岐路を決めた重要な出来事だったと知り、その言い合いがあったからこそ迷い道から抜け出せたのだ、と気付いたりする。

これまで何度、ここから電車に乗って別の町へと出かけていっただろう。

好奇心や勇気に駆り立てられて、新しい場所を訪ね見知らぬ人と会うのだ、とあの頃は張り切っていた。しかし本当は、一ヵ所に留まり自分と向き合うことが恐ろしく、それを先送りするために出発を繰り返していたのではないか。

ぼんやりあれこれ思いながらコンコースに走る斜めの縞模様を見ていると、

〈物事、まっすぐには進まないもの〉

と、足下から駅の声が聞こえてくる。

〈いってらっしゃい。でもまた帰ってきてね〉

見送りに来てくれた、遠い日の友人の声を聞いたように思う。

「明日の始発で着くから。いつもの通り、中央駅のプラットフォームの頭で待ち合わせよう」

過ぎた日の欠片をひとつずつ拾っていると、遠くからアントニオの声も聞こえてきた。昔、そう言って、頻繁に彼から電話を貰ったものだった。

私達が駅で待ち合わせたのは彼を出迎えるためでも、連れ立ってどこかへ発つためでもなかった。アントニオは営業マンで、私達がプラットフォームで落ち合ったのは写真のためだった。

大学を出た後、日本のマスコミへ、ニュースを送る仕事を始めた私は、イタリアに事務所を開くことを決め、ミラノを選んだ。学生時代に訪れた中央駅のあのひんやりした様子を思い返してやや怯《ひる》んだものの、この町には新聞社や通信社、出版関係の大半が集中している。躊躇《ちゅうちょ》は無用だった。

日本でもイタリアでも、世界各地を網羅するように支局を置く媒体はない。主要都市ですら報道拠点を設けるのは大手だけで、たいていは現地の通信社を通じて情報を入手する。それでマスコミ各社は、独自の現地情報を入手できるよう現地でのネットワーク作りに苦心する。

新聞や雑誌では、海外ニュースの紙誌面は限られている。それをさらにアメリカやアジア、中近東にロシア、欧州で分けるのだ。私が扱う情報は欧州のなかのイタリアについてであり、よほどの特ダネでも摑《つか》まない限りは、大きな枠を押さえるのは難しかった。

当時イタリアで話題性のあるニュースといえば、圧倒的にサッカーだった。ところが、日本にはまだJリーグすらなかった時代である。野球一色の日本のスポーツ報道界へ、いくらイタリアの花形とはいえサッカーは売り込めない。

芸能ニュースとなると、長らくイタリア映画界は低迷し続けていて、日本にまで名の知れた俳優達は少なかった。どれだけイタリアで芸能人の冠婚葬祭が騒がれようと、売れるようなネタではなかった。

政治経済はどうかというと、国が統一されてから同一内閣が長期政権に留まったことのないのがイタリアである。イタリア国民ですら把握できない魑魅魍魎《ちみもうりょう》の政情を、日本に伝えるのは至難の業だった。

ローマにはヴァチカンがある。しかし日本にはキリスト教徒が少ない。一度、文化ものとして取り上げてしまうと、次は法王交代までお預け、という具合だった。

それでは、いったい何を売り込めるのだろう。

日本の編集部が興味を示す話題を得るには、ありきたりの情報源に頼っていては無理だった。個性ある情報提供をしてくれる人達とまず知り合う必要があった。連日、私は出版社や新聞社、通信社、写真エージェンシーを訪ねて回った。伝手《つて》はなかった。職種別電話帳を開き、頭から順に当たっていった。それはミラノの冷たいコンクリートジャングルに踏み入り、藪《やぶ》の中を手探りで進むような作業だった。

ある日、郊外にある大手フォト・エージェンシーと面談の約束を取り付けた。

当時、二路線しか開通していなかった地下鉄を乗り継ぎ、終点からバスに乗り換え、最寄りのバス停からさらに徒歩で十分ほどのところに訪問先はあった。

まだミラノ市内ではあるものの、特徴と魅力に欠ける風景だった。ベージュや灰色の低層の建物が軒を並べている。呼び鈴を見ると、どの建物にも二戸ずつ入っている。小規模の集合住宅らしかった。かつてこの辺りには、町工場があったという。マッチ箱を並べたような建物は、その当時工員達の社宅だったのかもしれない。

通りに面して、エージェンシーの建物はあった。玄関門を入るとすぐに車寄せがあり、数台の大型オートバイが駐輪してある。鼻先を出口のほうに向けて停めてあり、今にも走り出しそうだ。その奥に、鉄枠の入ったガラス窓が並ぶ、温室のような平屋があった。受付へ行きがてら平屋の中を見ると、窓際に置かれた長机に男女数名が着き、ビニールシートに入ったスライドを熱心に見ている。受付の女性に案内されてそのガラス窓の部屋に入ると、年配の男性が立ち上がって挨拶し、気さくな様子で手招きをした。

「うちがどういうネタと客を扱っているのか、仕入れから営業、販売まで、ひと通り見てもらうのがよろしいでしょうな」

社長は七十前後の年恰好だったが、初対面の、孫ほど年の離れた私に対して少しも厭《いと》わず丁寧に提案した。彼は、カメラマンとして第一線で活躍した後たった一人でエージェンシーを立ち上げて、イタリアのフォト・ジャーナリズムの黎明《れいめい》期を築き上げた功労者である。社長は早速、脇でスライドを見ていた一人に、頼むよ、と目配せをした。

それがアントニオだった。

社長に命じられアントニオはすぐに作業を中断し、私に社内を案内してくれることになった。

玄関からはわからなかったが、届いたばかりの雑誌が積み上げられた受付横の廊下を抜けると、間仕切りのない吹き抜けの広い空間へと出た。

「ここは昔ね、自動車修理工場と長距離トラック専用駐車場だったのですよ」

数百平米はあろうかというその部屋には、灰色のスチール製キャビネットが奥までずらりと並べ置いてあった。一メートルほど間隔をおいて、次のキャビネットが列をなしている。キャビネットは、胸下あたりの高さになるように重ねて置いてある。キャビネットの間を、ファイルに入ったスライドを山と積んだ台車を引いて、若い男性が行ったり来たりしている。編集部から返却されてきた閲覧済み、使用済みの写真を戻して回っているのだった。まだデジタルカメラがない時代である。写真をスライドの形状で透明のポケットファイルに収め、撮影内容を記した茶封筒にそのファイルを入れ、キャビネットに保管していた。

私が無尽蔵の写真の数に驚いていると、

「ここは新着の写真専用の部屋でしてね」

ほんの序の口、と笑いながらアントニオは足を速め、さらに奥へと案内した。奥に行けば行くほどより年代を遡るように、大量の写真は分類されていた。

相当に古いのだろう。キャビネットはすっかり変色して黄ばみ、傷が付き、取手の外れているものもある。戦前の貴重な記録写真は一枚ずつ専用の台紙に挟まれ保管されていて、ハトロン紙をそっとめくると埃の匂いがした。さまざまな時代のイタリアが切り取られて、キャビネットの中にびっしりと詰まっていた。膨大なイタリアの断片を一枚ずつキャビネットから取り出しては媒体へ紹介し、ここへまた新たな情景を足していく。

寄せては引いていく波のような中央駅の床模様を思い出し、自分はイタリアのほんの波打ち際に辿《たど》り着いただけなのだ、と身震いした。

私はその日からしばらくアントニオや他の営業担当者達に付いて、写真の仕入れから売り込み、契約成立までの過程を実地研修することになった。

五人の営業担当者達は、あらかじめ営業先を分けて写真を売り込みに行く。

日刊紙の担当者が、最も忙しそうだった。刻々と打電される通信社からのニュースを巻き上げては切り、目を通しながらめぼしいニュースの脇に印を付けていく。彼なりの決まりがあるらしく、印は赤星だったり黒丸や青三角だったりした。

営業担当者達にはガラスの仕切り壁で区切られた個室が充てがわれていて、専用の電話が引いてある。忙しい日刊紙の担当者には特別に、かけ専用と受け専用の二回線が用意されていて、ときには両耳に受話器を当てながら早口で話したりした。電話で話しながら大急ぎでメモを書き、ガラスの仕切り越しに向かいの個室にいるアントニオに〈見ろ、見ろ〉と合図する。アントニオはメモを見て、〈オーケー〉だの〈駄目〉だの指を振って返事をしながら、自分もすぐさまどこかへ電話をかけて、

「スポーツ五キロ、ピンク十キロ、政経四キロ、頼むよ」

頷《うなず》き、受話器を置くと、

「仕入れ完了」

と、にんまり笑った。

発注する写真の重量は、すなわちニュースの重要度だった。

アントニオは日刊紙の担当と連携して翌日売りの新聞に載る写真の内容を掴み、旬の話題を読む。そして日刊紙が速報した後ですぐに、週刊誌や月刊誌が後追いの特集記事で興味を持ちそうな画像を考える。日刊紙と違って、週刊誌や月刊誌にはグラビア専門のページもある。大事件や写真映えするニュースなら、一ページ大、もしくは見開きでカラー掲載に堪える写真も用意しておかなければならない。よく撮れていれば、媒体の表紙に使われることもある。表紙への掲載料金は高額なのだ。

アントニオは、営業先の需要や各編集部の傾向を熟知している。もう二十年近く写真を売り歩いているので、そこらの新米の編集者よりずっとネタへの目利きと仕入れの勘はあった。

エージェンシーは、国内外で分野別にフリーランスのカメラマンとも連携している。スポーツ芸能から政治経済、事件までと扱う分野は広範囲で多様なため、社員カメラマンだけでは間に合わないからだ。

アントニオから希望が伝えられると、さっそく仕入れ担当は、国内外のカメラマンや協力関係にあるエージェンシーに連絡を取って、欲しい写真があるかどうかを問い合わせる。日々、事件は無数に起きる。カメラマン達は顧客からの依頼を待つことなく、売れようが売れまいが自主的に撮り溜めをしている。スクープでない限り、ふつうはひとつのニュースに多数の写真があるものだ。その中からより質のよい写真をより廉価に仕入れて媒体へより高く売り込むのが、エージェンシーの腕の見せ所だった。

アントニオからうちに電話がかかってくるのは、たいてい前日の夕方だった。仕入れ元はフランスやドイツだったり、国内の遠隔地、たとえばシチリアやローマだったりした。

早朝のミラノ中央駅に、内外各地から貨物列車が着く。予《あらかじ》め認可を受けた業者に向けて、新聞や雑誌などがごく廉価の運賃でジュート製の大袋に入って貨物列車で運ばれてくる。エージェンシーの住所が大きく記された荷袋も最新刷りの新聞雑誌に交ざって、ホームに下ろされる。ジャガイモやコーヒー豆の荷を下ろすのと寸分の違いもない。

貨物列車到着ホームの先頭で待ち合わせたアントニオと私は、ジュート袋の荷下ろしに立ち会い、受領書類にサインを済ませる端から袋を台車へと積んでいく。

袋には、

〈スポーツ、イベント：八キロ〉

〈ピンク、カンヌ映画祭：七キロ〉

〈政経、国際：十二キロ〉

〈自然、動物：五キロ〉

などと書かれた荷札が下がっている。それぞれのテーマの写真が入っているのだ。二人で車に飛び乗って、大急ぎでオフィスへ行く。ガラス窓の部屋で、早朝出勤した担当者達が待ち構えている。社長もいる。袋から透明ファイルに入ったスライドを取り出し、手分けして写真を見ていく。社長は赤マジックペンを手に、眼孔に拡大レンズをはめ込んでいるかのように顔を近づけ、どんどんファイルをめくっていく。彼がファイルの上から赤マジックペンで囲むのは、特級の写真だ。隣に座るスタッフが、印の付いたスライドをファイルから抜き出し、エージェンシーの社名と住所が入った特製ファイルに差し替えていく。社長の選別は、誰より手際がよかった。


サッカーの試合一つとっても、得点シーンからミス、反則プレイやウルトラスが野次る様子まで、場面ごとに数点ずつが入っている。同じようなカットが重ならないようにスタッフ達は仕分けし、五部のセットに組み合わせていく。競合する五媒体に向けて、五人の営業担当者達が同時に同じテーマのネタを売り込みに行けるからだ。

営業担当者達は、大型封筒がすっぽり入る専用トランクケースを開けて待ち構えている。パイロット用の鞄に似ている。

「マリオには、〈ピンク〉を重めで。アントニオには〈政経〉を減らして、その代わりに〈スポーツ〉を二キロ増で渡してやって」

社長は写真を見る手を休めずに、背後で控えているスタッフに口早に指示を出している。

顧客には、自社製の透明ファイルに差し替えたシート売りをする。透明ファイル一シートには、スライドが二十枚入る。シート一枚の重さは、せいぜい二百グラムといったところだろう。枚数で言うより重さで指示を出したほうがニュースを広範囲でざくりと捌《さば》けて、その日のエージェンシーの商いの力の入れどころがより明確になるのだった。それは、卸売業者が小売業者に威勢よく量り売りするような光景だった。

「価格はいつも通りでいくから。バラ売りはなし。セット売りの最低点数は十点で頼むよ」

ああ厳しいなあ、アントニオが大げさに溜め息を吐《つ》いてみせる。

一点だけ売ってくるな、必ず十点以上まとめ売りしろ、と命じられても、政経もので十点以上を売るには、四ページ以上の特集記事にする必要があるだろう。ただでさえ皆がうんざりしている政情を、写真入りで四ページもの特集にする媒体があるだろうか。アントニオは思案顔である。

一方スキャンダル専門誌の担当者は、余裕の笑顔で出かける仕度をしている。カンヌ映画祭ものが大量に入荷していて、そこにアメリカの人気女優が新しい恋人と食事をしているカットや、売り込みのために路上で全裸になりポーズを取る若い女優のものがあるのを見て、楽に売り捌けるのがもうわかっているからである。

ジュート袋を持ち込んでからごくわずかな時間で、いくつもの企画商品が出来上がった。貸し出し伝票にサインをすると、営業担当者達はヘルメットを被り、重い鞄をしっかりとオートバイの荷台に括《くく》り付け、けたたましいエンジン音を残して早朝の町へと走り出ていった。

私を連れていく番に当たった営業担当者は、車を出してくれた。バイクに二人乗りして、私が持たされた商品を落としでもしたら一大事だからである。

「今日は、ちょっとしたドライブになるよ」

〈スポーツ〉と〈政経〉と私を積んで、アントニオは車を飛ばした。

アントニオが担当する大手出版社は、昔は筋金入りの左派で知られていた。創立者は北イタリアの知識層を代表する傑物だったがやがて経営難に陥り、出版社は居抜きで売却されてしまった。会社自体は残ったものの、新しい経営者が右派であったため社の方針が逆向きとなった。出版業界とは無縁の新進実業家が潤沢な資金力に飽かせて買い上げたのは、政界に進出しようとする彼が世論調整の足がかりにするため、と噂された。

左派の創立者が去ったとき、大勢の記者や編集者達も揃《そろ》って社を後にした。しかし社員全員が、自らの宗旨を守るために安定した収入を見捨てられるわけではない。社風に賛同して入社したのに経営者が代わり、それまで自分の信念とは対極をなしていた世界で働くことになってしまった。行く先と辞める勇気が見つからず、会社に残った者達は忸怩《じくじ》たる思いで働いている。

「今日は、また格別にお美しい！」

歯の浮くようなアントニオの世辞に、受付の若い女性達が華やかな笑い声を立てて応対している。じゃれ合うように挨拶を終え、アントニオが磁気入りカードを持って戻ってきた。

「左派時代は受付には熟年の男が二人、だったのだけれどね」

目尻に愛想笑いを残したまま昔日を惜しむように呟《つぶや》き、社屋入り口へと向かった。

改札口のような入り口に磁気入りカードをかざし、一人ずつ通過する。入ってすぐのところで、持ち物から上着、靴までを再び探知機に通され徹底的に調べられる。左の時代には左の、右に寄ってからは右なりの事情で、いつ過激派に襲撃されてもおかしくない状況にあるからだ。身分確認と身体検査は社外からの訪問者だけではなく社員も同様で、探知機前に列をなす光景は国境の検問所を思わせた。

建物は高い天井まで一面のガラス張りになっている。壁いっぱいの見晴らしだが、ガラスは特殊仕様で外からは中の様子はわからない。外の景色と連れ立つようにして、長い廊下を行く。空港でゲートに向かうような雰囲気だ。出版社の周囲には、何もない。茫々《ぼうぼう》と空き地が広がっている。

植樹もされていない正面玄関前は、色も影もなく、敷き詰められた大理石が灰色に硬い光を反射している。真四角や長方形に大理石の地面は切り取られ、地表すれすれに水が張ってある。深いのだろうか。濁った水面に曇天が映り、視界が逆転したような錯覚を受ける。駐車場から建物に入るためには、その池と池の間の細い通路を抜けなければならない。さきほど通り抜けたときは水と大理石の対比と幾何学模様に見とれて気が付かなかったが、こうして離れて見ると建物は深さの知れない堀に囲まれた城のように見える。

世の中の動きを知らせる出版社が、透明の箱に入って外界から隔離され空き地にぽつんと置かれている。

多数の定期刊行物や文芸書籍、学術書や百科事典、児童書、観光ガイドや美術関連など、さまざまな分野を網羅している。各階に分野別の編集部があり、階ごとに雰囲気は大きく異なる。

アントニオは写真が詰まった鞄を背負うように持ち、長い廊下を早足で行く。天井からは、雑誌名が書かれた札が何枚も吊り下がっている。

まずは、サッカー専門誌の編集部に立ち寄った。

週中でカップ戦にも当たらない日のせいか、編集部はがらんとしている。男性編集者が一人、奥のほうに見えるくらいだ。外を向いて窓の桟に足を乗せ、電話で話している。部屋が広いうえ分厚い絨毯《じゅうたん》が敷かれていて、話し声はこちらまで届かない。のんびりした様子で、おそらく私用なのだろう。椅子をくるりと回して一瞬私達のほうを見たが、電話は切らず軽く手を上げただけで再び窓側へ向いた。

　周囲の机上には、ピンク色のスポーツ新聞や他社のサッカー専門誌、選手達の写真やクラブの旗、試合用の記者証の入ったホルダーなどが置いてある。サッカー一色の雑然とした光景は、いかにも男性の世界だ。

　むさ苦しい編集部の入り口すぐそばに女性が座り、電卓を叩きながら熱心に書類をまとめている。四十前後のその女性は、自分の机の周りを五十センチほどの高さのスチール製仕切り板で囲っている。向かいの席から、積み上げられた資料や写真、特製カレンダーなどがなだれ込んでこないよう阻止しているかに見える。色で区別された付箋《ふせん》に几帳面な字で電話番号や連絡事項が記されて、仕切り板に貼ってある。貼ったメモの間に、動物や花の形のマグネットで留めたクレヨンの幼い絵が見える。ピンク色の写真立ての中で、猫を抱いた五、六歳の女の子が笑っている。

「デスクは？」

　アントニオが慣れた調子で女性に尋ねると、

「奥で閲覧中よ」

　いつもの通り、と肩を竦めて応え、

「そのあと、もう三人ほど待っているかしらね」

そう言いながら女性は書類を手早くまとめると、出ましょう、と私達を誘った。

連れ立って行くと廊下の少し先にちょっとした空間があり、自動販売機が並んでいる。数人の男性達がコーヒーを片手に低いソファに沈み込むように座っている。アントニオが、やあ、と彼らに軽く挨拶をした。どの人も足下に似たような大きな鞄を置いている。ライバルの写真エージェンシーの営業担当者達らしい。

この編集部に限らず、グラビアのデスクは写真売り込みのための約束《アポ》を受け付けてはくれない。刻々と変わる状況を伝える媒体は生き物だ。動きを追うのに、約束は足枷《あしかせ》になるからだった。

各エージェンシーの営業担当者達は、的を絞ったネタを抱えて毎朝、自主的に編集部にやってくる。神殿へ巡礼する信者達のように。その日、何時にデスクが出社するのか、彼らは知らない。デスク当人にもわからない。しかし毎朝、顔を出すうちに、編集部ごとのリズムや習慣を知り、何曜日のどの時間帯に行けばいいのかがわかってくる。

貨物列車が中央駅に着く日は、商品も潤沢で売り込みやすい。どのエージェンシーも状況は同じである。ライバルを出し抜くために、仕入れと企画、速攻性と根気に勝負を賭けている。

アントニオは慣れた様子で編集部の女性の好みに合うコーヒーを買い、こちらに運んでくる途中で、目を閉じてソファに沈んでいるライバル達にちらりと目をやっている。

「〈スポーツ〉は後回しにして、先に〈政経〉を二キロほど売り捌いて来よう。予定変更だ」

軽く咳払《せきばら》いをし、コーヒーを私に渡しながら告げた。

ゴソッとソファの座が動く。

アントニオがわざとらしく指示したのは、ライバル達に聞かせるためである。

じっと座っていた若い男性が、ふと偶然に目を覚ましたような顔をして私達を見ている。ベテランのアントニオが売り込む順は、そのままその日のニュースの重要度の高低なのだ。若い営業マンはそそくさと身繕いすると、

「数分だけ中座します」

重そうな鞄を提げ、廊下の先へと小走りで行ってしまった。

「これで一人減った」

にやりと後ろ姿を見送ってから、アントニオはサッカーものの写真が入ったファイルを取り出して念入りに絵柄を再確認している。

席に戻った女性編集部員はおもむろに受話器を取ると、低い声で手短に話し終え、

「どうぞ。あなたの番よ」

アントニオに、デスクのところへ行くよう告げた。

彼は自ら発した似非《えせ》情報でライバルの目を晦《くら》ませ、その隙に順番を飛び越えて本日の本命のネタを売り込みに行くのだった。

アントニオの老獪《ろうかい》な営業手腕は、真似ようとして実践できるものではない。グラビアのデスクも編集部の女性も、彼が持ってくるネタはどこのものより活きがいいのを知っている。アントニオが待ち飽きてその素材を他の編集部へ持ち込んでしまうようなことがあっては、後でデスクが臍《ほぞ》を噛《か》む。秘書から総務、編集補佐に記者達の母親役まで務めるその女性が、絶妙の呼吸と掛け合いでアントニオをデスクへと繋ぐ。

「僕にとっては、肉を三キロ売るのも、芸能スポーツを五キロ売るのも同じこと。物を売るのに変わりはないね」

ものの十数分で売買を成立させて、もうアントニオは次の編集部に向けて歩き出している。

駅という、海のないミラノの港に陸揚げされたばかりの大量のネタを、新鮮なうちに手際よく捌いていく。材料がよければ、調理の腕が多少冴えなくても美味しく仕上がるものだ。一方、優秀な料理人には、難しいネタを選りすぐって届ける。調理法が難しければ難しいほど、喜ぶのが編集者という料理人である。

売れ残りそうなネタは早めに見切りを付けて、値を下げまとめ売りにする。焦って値下げの適期を読み誤ってはならない。腐る寸前がより豊潤な味わい、というネタも中にはあるからである。それでも残り物は出る。捨ててはならない。手早く下拵《したごしら》えして、あるいは燻《いぶ》したり干したりして売りに行く。新鮮な食材店から総菜店、乾物店へと看板を変えながら、営業担当者達は写真を量り売りして歩く。

アントニオ達と現場を回った数カ月は、その後、私がイタリアで仕事をするための基盤となった。机の前でわかることなど、たかが知れていた。眠い目をこすりながら中央駅の雑踏のなかで列車が到着するのを待ち、ジュート袋の重さごとに世の中の事件の厚みを身をもって知った。営業担当者達は誰も、社会学や文学、政治経済の専門家ではなかった。彼らは経験と嗅覚でネタを摑み、より速く、より高く、より多く売ることだけに心を砕いた。

〈夜半にかけて大雪になると、貨物列車の到着が遅れるかもしれない〉

〈今日は受付嬢の何を褒めようか〉

〈編集部の女性の好きな花はチューリップだったな〉

〈このあいだは競合の若い営業担当者を出し抜いたりして、悪いことをした。彼が《自転車》で一キロ分売れるように、今日は順番を譲ることにしよう〉

　下世話で素養に欠ける、などと侮《あなど》ってはならない。日常とはそういうことの繰り返しであり、毎日の事件や情報も無数に存在する欠片の一つなのだ。

「え、文化論だって？　何だそれ。何キロ分の売り物なの？　腐ってなくても食えそうにないな」

　小賢しいマスコミ論など並べたところで、アントニオ達からは口元を歪め、鼻先で軽く笑い飛ばされるのがオチだろう。

　毎日、私は情景の破片を受け取っては売ることを続けながら、イタリアという国のジグソーパズルを組み立てる思いだった。一枚仕上げると、次のパズル片が待っている。一片はごく小さく、いったん紛れてしまうともう見つからない。しかしその一片が欠けると、パズルは仕上がらない。どんな一片も、伝えられることを持っている。

ここで生きている限り事件に遭遇し、事件がある限り知らせるネタがある。ネタはアントニオをはじめとする関係者全員の生活の糧《かて》であり、媒体の栄養源なのだ。

私は、中央駅という港に流れ着いて来る荷を通して、仕事への身構えをはじめイタリアで生きていくためのイロハを諄々《じゅんじゅん》と教えてもらったのだった。

淡々と変わらない毎日に、ときどき突風が吹き込む日もあった。

「電話では言えない。すぐに来てもらえないか」

アントニオではなく社長が直々に、電話をしてくることがままあった。

電話の向こう側には、人声も雑音も聞こえない。個室からかけてきたらしい。特別な呼び出しは朝十時のこともあれば、夜更けにかかってくることもあった。抑えた声ながら、社長の口調には重大な商材に興奮する様子が窺《うかが》えた。

私は大急ぎで身仕度を済ませ、タクシーを呼び、町を抜け、低層の建物の連なる通りを行く。社長は受付まで出て待ち受けていて、早足で社長室へと通される。

「久しぶりの大物だ」

社長が紙袋から出して卓上に広げる写真は、すべて紙焼きされている。点数は十点に満たない。望遠レンズで撮ったらしい。かなり粗い粒子の中に、時の人の決定的な瞬間が捉えられているという。

〈どうする?〉

社長は目で尋ねる。こみ上げる嬉しさを目尻に抑え込んでいる。

撮られた人物は日本人なのだった。こればかりは、付き合いがあってもイタリアの出版社には売る術《すべ》がない。

「今から電話すれば、日本はちょうど昼過ぎだ。すぐに売ろう」

社長は張り切っている。

念のために拡大鏡でよくよく見ると、そこに写っている人は芸能人でもなければ著名文化人でもない、ニュースにならない人なのだった。

まだインターネットがなかった時代である。手に入る情報は今より限られていて、おかげで世の中はずっと好奇心に満ちていた。マスコミが伝えなければ、多くの人に情報は届かないものだったのだ。

たとえば、人気商売の芸能人達。適期に顔見せをしなければ、世間から忘れられてしまう。舞台や映画やテレビの枠外での様子も小出しに見せては、舞台外の不特定多数の観客を喜ばせた。見せて、撮らせる。撮って、売る。掲載誌が売れれば、芸能人の名も売れる。有名人の中には、自ら特ダネの瞬間をカメラマンに予め知らせてきては、スクープ風に撮らせようと画策する人達もいた。

「辣腕《らつわん》のマネージャーになるとね、どのカメラマンに撮られれば何の媒体に掲載されるのか、販路まで把握しているんだ」

社長は現役の頃から、欧州各国で行われる芸能やスポーツの関連行事を漏れなく撮影してきた。映画祭やゴルフトーナメント、コンサート、ヨットハーバーのオープニングに王室のチャリティーパーティー。開催地が異なろうが時が過ぎようが、どれも似かよった情景の繰り返しだ。それぞれで話題になる人物だけが、入れ替わっていく。開催地は風光明媚なところばかりで、撮影も気楽なものである。政治経済や犯罪もの、前線専門の同業者達から彼は、〈楽園から楽園を旅する男〉とやっかみ半分に呼ばれていた。

しかし社長が現場に通い続けたのは、記者会見の撮影のためだけでもなければ、各界の関係者との付き合いのためでもなかった。彼は、被写体となる著名人達が贔《ひい》屓《き》にする各地のホテルやレストラン、ヨットハーバー、骨董店を丹念に調べあげ、自らもそこで宿泊し、食べ、楽しむために現地へ通った。それぞれの料理人や給仕頭、ハイヤー運転手と懇意になるためだった。

最初は映画祭ごとに訪れる客の一人として、やがて行事のない時期にもわざわざ訪ねていった。自分の結婚記念日や家族の誕生日の祝宴でも通うようになると、ホテルの料理人やレストランの給仕頭から友人として遇されるようになった。華やかな行事を支えてきた裏方達は、秘めた舞台裏を知る黙《もだ》した証人でもある。各地で得た友人達からは、社長の元に特別な情報が集まるようになった。

「稀少《きしょう》価値のあるとびきり新鮮なネタは、貨物列車には乗ってこないからね」

彼が自ら足と人柄で築いた情報筋は、第一線を退いてエージェンシーを設立したとき揺るぎない礎《いしずえ》となったのである。

新進エージェンシーの放つ華やかなスクープの連発に、イタリアのマスコミは驚いた。

よい仕事は、いい客筋を作る。社長は先行投資を惜しまなかった。フットワークの軽いカメラマン達を続々と雇い入れ遊軍として各地に飛ばし、情報筋には大盤振る舞いをして変わらぬ協力を仰いだ。ますます面白い話と写真が舞い込んでくるようになった。

「大きなネタは、まずミラノのあのエージェンシーへ持っていくに限る」

国内外の辣腕カメラマン達の間でも、そう言われるようになった。媒体に恵まれると、商品はいっそう映えて見えるものだ。がらんとしていた空間がキャビネットでいっぱいになる頃には、彼の創立したエージェンシーはイタリアではもちろんのこと、欧州の中でもトップクラスにまで成長していたのである。

私は時の流れたミラノのプラットフォームに一人で座り、電車の発着を見ている。数年前に、構内も駅舎もすっかり改築された。空にも届くかという高い天蓋は、昔の通り荘厳な鋼鉄の骨組みのままである。かつて電車の行く先や発車元の駅名は、表示板に書かれてプラットフォームの先頭に吊るされていたものだった。それが今では電光掲示板に変わり、つるりと流線形をした新型電車の鼻の上で素っ気ない点描の文字を白く光らせている。

大きなスーツケースを引きずる人やリュックサックを背負って楽しげに肩を並べて行く若者達。地味な身なりに古めかしい旅行鞄を提げ、弁当の入ったビニール袋を携えた中年の女性。

時代が移っても、あの頃と変わらない光景が駅にはある。

〈写真を売るのも、肉やパンを売るのと同じこと〉

堂々と胸を張るようにして言った、あのときのアントニオの顔を思い出す。

人の数だけニュースがあり、ニュースの数だけ知らせる物語がある。

〈さあ、売ろうじゃないか！〉

いつも元気に皆に声をかけていた社長は、息子にエージェンシーを譲って引退した。息子は任に就くなり、キャビネットにあった写真をすべてスキャンにかけて電子化し紙焼きやスライドを廃棄した、と聞いた。

〈ピンク十キロ！〉

営業担当者の電話に向かって上げていた社長の弾んだ声が、静かに耳元に蘇る。

空《くう》に消えた、キャビネットの中のイタリアのさまざまな欠片。

何キロ分のイタリアだったのだろう。

二　迷ったまま

「痛てて」

突然、ルーカが悲鳴を上げた。

見ると、彼の向こう脛《ずね》をリナが蹴っている。叱られても止めず、五歳になったばかりのリナはケラケラと高い声を立て、ますます面白がって蹴りたてている。ルーカと広場で待ち合わせをした私は、リナの手を引いて立ち話の最中だった。なかなか終わらないおしゃべりに退屈して、早く行こう、と幼な子は催促したのである。

ナポリのことを思うとき、大人の足下で幼いリナが笑い転げながら小さな足を振り上げていたあの場面が蘇る。リナが五歳なら、私は二十歳を超えたばかりだった。彼女はちょうど幼稚園に上がったところで、私は初めてイタリアの地を踏んだばかりだった。それぞれに新しい人生の入り口に立ち、互いに何もかもに不安で、しかし見るもの聞くものすべてが面白かった。

リナは、私が住むことになった家の末っ子だった。ナポリで卒業論文の準備をすることになり、私は代々地元に暮らす友人宅に居候していた。

その家は、ヴィットリオ・エマヌエレ通りという長い通り沿いにあった。港の近くから始まるこの通りは、下町を取り囲むように緩やかなカーブを繰り返し町の上方へと延びている。ナポリは起伏に富んだ町で、斜面にも立錐《りっすい》の余地なく住宅が建て込んでいる。ファサードを揃えて建物が整然と並ぶ、という町並みではない。時代も様式も、色や向き、高さもまちまちである。すべての建物が互いに反目し合うように建っている。それぞれに言い分があり、相手の言うことには耳を貸さず好き勝手な方角を向いている。十把ひと絡げにされてたまるか、と言うかのように。

通りは雑然とした建物の集積を繋ぎ合わせながら、高台へと上っていく。建物によっては、坂下から入り坂上に出る二カ所の玄関を持つものもある。入り口と出口で建物の顔付きが異なることも多い。下ではざっくばらんなのに、上に出てみるととり澄ましている。一棟に入って出るだけで二つの世界を往来するようだ。

リナと暮らした家は、ヴィットリオ・エマヌエレ通りの末番近くにあった。ナポリ湾を見下ろし、町の喧噪ごと胸元に包み込むような位置だった。

通りはナポリの下と上を結んで、町の背骨の役割を果たしている。片道二車線ずつの堂々とした通りだ。ここを基軸にして、町を縦横無尽に巡る何本もの路線バスが通っている。商用車が通る。ナポリ住民が通る。他所者《よそもの》も通る。観光バスも通る。

生活の要を成す通りで、各人各様の暮らしが繰り広げられる。

登校時間になると、幼い子を乗せた若い親達は思い思いの場所に車を一時停車させ、子の手を引き学校へ駆け込んでいく。イタリアでは、幼稚園はもちろん小学校も、保護者の引率なしには登下校できない。事故防止のために、学校の正門は始業時刻まで開かない。全児童が始業間際を目がけて親に連れられて登校するので、学校前は歩道も車道も人と車で小山のようになっている。

学校のすぐ脇にある精肉店の前では、騒ぎをよそに歩道に堂々と乗り上げて生肉の塊を下ろし始める冷蔵トラックがある。

シスターが数人、聖衣の裾をたくし上げながら、先の教会の玄関口で車から降りようとしている。

好き勝手な路上駐車のせいで車は車線からはみ出してジグザグに行くので、方々で流れが滞っている。

じりじりと進む渋滞の列から突然、道路の真ん中で車を停めて降りてくる男がいる。何ごとかと見ていると、バールに入っていく。彼が泰然とエスプレッソコーヒーを飲んでいる間にも、車の列は少しずつ前進し続けている。男の車の後ろには、待ち惚けを食う車が数珠《じゅず》繋ぎになっている。それでも男に文句を言う者はいない。間もなく、すまなかった、という風に男は列の後方に向かって手を上げながらバールから出てきて車に乗り込む。そして何ごともなかったように、じりじりと五分間分の距離を進むのだった。

通りを行く人達の数だけの、朝の情景がある。

四車線あったはずの大通りには、渋滞と路上駐車でもう一車線分の余地すら残っていない。しかし、交通巡査が出てきて仕切るわけでもない。上りと下りの列は交互に隙間と順番をやりくりし、自力で渋滞を捌いている。渋滞にいったん巻き込まれてしまうと、もうどうにも抜けようがない。車の通れる脇道はなく、葛折《つづらおり》になった道の曲がり角を切り落とすように、徒歩で斜面を抜けて行くしかない。見えているのに、辿り着けない。車の中で皆は溜め息を吐いている。

先へ進まない車の列の間を、爆音を立てて何台もの小型オートバイが走り抜けていく。ヘルメットも着けずにペダルの上に立ち上がったままハンドルを握っているのは、まだ幼顔の少年達だ。サドルから尻を上げないと、ハンドルに手が届かない。到底、免許の取れる年齢ではない。見咎《みとが》めて注意する人はいない。車のほうも慣れたもので、無法バイクが通りやすいように車間を空けてやったりしている。

待ちきれず、しかし車を捨て置いていくわけにもいかず、待ちくたびれた車は、時間潰しにリズムを付けてクラクションを鳴らしてみたりする。するとすぐ、それに鳴らし返すお調子者がいる。バックミラーを覗《のぞ》き込みながら、前後二台、ジェスチャーだけで熱心にやりとりしている車もある。

騒ぎは毎朝のことなのだった。出勤時間をずらすか通行規制をすれば少しはましだろうに、誰も何も変えない。しかしこの渋滞とクラクションの渦、バイクの爆音こそ朝の挨拶代わりなのだ、としばらく暮らすうちに気が付いた。ナポリの一日は少しずれて始まり、それを引きずったまま悠々と時間が流れていくということも。

毎朝、私はその通りから路線バスに乗って大学へ通うつもりだった。

初めて大学へ行く日、大渋滞のことをまだ知らなかった。遅刻を恐れ、三十分ほど余裕を見てバス停へ向かった。まだ町には不慣れである。スリやひったくりの評判は、日本まで鳴り響いていた。

一人で行けるだろうか。

徒歩でもさほど遠くはないはず、と大学の場所を地図で調べ、赤ペンで道筋をなぞってみた。いくつもの道が地図の途中で断ち切れている。見知らぬ町の袋小路で一人立ち往生する自分を想像して、勇気が萎《な》えた。

歩くのは、慣れてからにしよう。

バスの路線図で停留所を数えてみると、大学まではたかだか五つの距離である。初日は路線バスに乗り、迷わずに時間通りに大学へ着こうと決めた。

ところが、三十分待っても一時間経ってもバスは来ない。

初めて指導教官に会うのだから、と新しい靴を履いてきた。自己紹介の挨拶もあらかじめ暗記してある。それなのに、初日早々から遅刻だなんて。

長蛇の列の車とクラクションの渦の中、私は不安と落胆で立ち眩《くら》みを覚えた。なす術もなく、暗い顔で立ち尽くしていると、小太りの中年男がやってきた。バス停前の総菜店のシャッターを勢いよく開けると、

「お待たせしましたね、何にいたしましょう？」

人のよさそうな調子で、その男が訊いた。私を、店が開くのを待っていた客と勘

違いしたらしい。

バスを一台お願いします、と思わず私が言うと店主は腹を揺すって笑い、

「今からだと、目的場所にお届けできるのは昼過ぎになりますかね」

と、からかった。そもそもバス停には行き先の掲示板が付いた棒が立っているだけで、私の他に待っている人はいないのだった。

酷《ひど》い渋滞が毎朝のことだと知らないのは、自分だけなのだ。

しょげる私を店主は気の毒がって、バールへ連れて行きコーヒーを振る舞ってくれた。

「それで、教授との待ち合わせは何時なの？」

私は泣きたい気分で、担当教授が電話で告げたままを話した。

うわっはっは。店主は、再び腹を抱えている。

前の晩、待ち合わせの時間を尋ねる私に、

「それでは明日、午前中に会いましょう」

教授はごく当たり前のように答えた。

〈午前中〉と言われても、いったい八時のことなのか十一時なのか。教授は忙しく、

明確な時間の指定ができないのかもしれない。あるいは、ナポリで〈午前中〉と言えば皆が知る暗黙の了解ごとで、きまった時間を指すのかもしれない。私はイタリア語ですらやっとで、ナポリ訛《なま》りなど聞いたこともなかった。しかも電話口である。教授の言うことはほとんど聞き取れず、しかし緊張のあまりテキパキと訊き返すこともできない。まごついているうちに、

「では明日」

教授はさっさと電話を切ってしまった。私は大事を取って八時には着くようにしよう、ときめたのだった。

「午前中に、と言われたのならそれは、〈朝から十二時半くらいまでのあいだ〉ということでね。何も夜明けから行く必要もないけれど、十時かもしれないし十二時ということもあるな」

店主はまだ笑っている。

朝の渋滞騒ぎは、この通りだけではない。町のあちこちが同様に混乱している。時間通りに出勤しようとしても、運が悪ければ三十分やそこらの遅刻もあるだろう。いったん巻き込まれてしまったら、路上に車を置いて徒歩で移動しない限りは缶詰

状態のままである。車に乗っても途中で降りて歩いても、いつ到着するか知れない。ナポリの朝は運命との賭けである。

教授が〈午前中に〉と言ったのは、そういう背景があるからなのだった。朝のうちに着く心構えで動けば、昼までには何とか会えるはず。会えたら好運、会えなくてもまあ仕方ない。そんな大雑把な約束は、生まれて初めてだった。不測の事態に抗わない。流れに身を委ね、おっとりとお大尽《だいじん》風で、なかなか粋ではないか。

総菜店の店主とバールの主人は、

「それでも今日のところは、やはりバスで行ったほうがいいだろうね」

と、口を揃えて勧めた。徒歩で行く近道は樹海で、慣れるには時間と度胸が必要だ。店主達に励まされて、再び私は停留所に戻った。大学の一時限目の開始時間は、とうに過ぎてしまった。なるようになる、と腹を括って周囲の情景を眺める。

朝日は、柔らかく大きな日差しに変わっている。両側の歩道には何台もの車両が乗り上げて、隙間なく駐車している。

青果店が店を開く。旬の赤や緑、黄に溢れた陳列台が石畳や古い建物に映えて、花が咲いたようだ。

魚屋は、近海物を最前列に並べている。路上に置いた大きなバケツに入ったアサリが、時おり勢いよくピュッと水を吹き上げる。

「獲れたてだよ!」

店主は、かち割りの氷や水を魚に掛けて回る。水飛沫《みずしぶき》が眩《まぶ》しい。幼稚園に行きたくない、と泣きじゃくって座り込む子がいる。母親はなだめすかしていたが、そのうち通りがかった知り合いとおしゃべりに夢中になっている。なかなか終わらない。子どもはだんだん空泣きになって、通り沿いの店主から飴玉を貰っている。

この甘い匂いは、杏ジャムを載せたタルトだろうか。

パン屋を覗く間もなく、芳《こう》ばしい匂いが被さる。タマネギを炒めているらしい。もう昼の仕度とは、気忙《きぜわ》しいことだ。

ふと見上げると、バルコニーの柵の間からじっと階下を眺める猫と目が合う。その隣では老女がガウン姿でコーヒーカップを片手に、道行く知人に声をかけている。彼女の足下の植木鉢から蔓《つる》バラが溢れ、柵下へと垂れている。

教授との約束は、あってないようなものだ。正午過ぎまでまだ二時間以上もあると思った途端、心が軽くなり、視界が開け、時が止まって、周囲の情景ががらりと変わって見え始めた。

時刻通りに物事が進むと、目に入らないことは多い。予定に引っ張られて忙しく、気が付かないままに先へ行ってしまう。

ところが、ここはどうだ。予定などすべて未定で、不定なのである。思う通りにいかない、と声を荒らげても、取り囲むカオス《混沌》に紛れてしまう。自分の不平不満も混乱に加わって、騒ぎをさらに大きくするだけである。

通りには、収拾が付かなくなった朝の光景が広がっている。困った顔をしながらも、人々は騒動が通り過ぎていくのを待っている。道に座り込む子どもは、通りで繰り広げられる騒ぎを毎朝、地べたから見上げている。この町で暮らすという意味と、やっかいを乗り越えていく術を見聞きしている。

一期一会を楽しむ。待ち時間の贅沢《ぜいたく》を堪能する。

建物が複雑に重なる景観のとおり、町は人の心の襞《ひだ》の間へと沁《し》み入り捉えて離さない。

さらに小一時間待って、やっとバスが彼方に現れた。

待ち焦がれた恋人が現れたようで、私は遠くのバスに向かって思いきり手を振ってしまう。パッシングでバスから挨拶を返されると嬉しくてならず、一時間遅れようが二時間になろうが、ずっとバスに乗り続けていたい気持ちになる。

いよいよ停留所の手前までバスが近づいてくると、蟻《あり》が湧くように人が出てきて、停留所に集まった。

「あの角に見えたら、ここまで来るのにあと十分というところかしらね」

太った中年女性は、のんびり煙草に火を点けながら教えてくれる。見えてから下りてきてもじゅうぶん間に合うから、とその中年女性が言うと、停留所に着いたばかりの他の四、五人も一斉に、そうだそうだ、と頷いた。

バスに乗り込む。腹が立つどころか、愛おしくありがたい気持ちである。

運転手は私と以前からの知り合いのような顔をして、

「おはようございます。お待たせしましたね」

と、すまなそうに言った。ナポリ訛りで言われると何でも芝居がかって聞こえ、些細なことなどどうでもよくなる。

車内はがら空きだった。乗ったが最後、いつ着くかわからないのだ。不人気は当然だろう。車内の面々は、数人の老人達とさきほどの中年女性、新聞を読む熟年男性。誰も少しも騒がず、慣れた様子で座っている。座席から、前方の信号が見える。二度目の赤で運転手はハンドブレーキを引いて伸びをし、通り沿いの店に窓越しに声をかけて軽口を叩いている。天気のよい朝だ。バス後部の乗車口は開いたままで、車内に風が流れ込み心地よい。

「今朝もひどいな」

独り言を言いながら、背広姿の太った男が乗り込んできた。急いで来たらしく、息が上がっている。五十絡み、というところか。上着の内ポケットから乗車券を取り出し、検印機に差し込もうとする。乗車券が縒《よ》れてうまく入らない。やっと検印口に入れたものの、機械はうんともすんとも言わない。男は腹立たしそうに舌打ちをし、乗車券を引き出して皺《しわ》を伸ばし再び差し込んだ。二度三度と繰り返すが、うまく検印できない。先に乗り込んだ私達は、その検印機が故障していることを知っている。乗り込んで乗車券を差し込もうとした中年女性に、

「動きませんよ」

先からの乗客が教えてくれたからだ。

そういうわけで、車内の全員が遺憾ながらの無賃乗車である。あとから来た太った男はそうとは知らず、しつこく繰り返し試している。他の乗客達が口々に、「そ

れ、動かないんですよ」と教えるのに、男は聞く耳を持たず機械に向かっている。

「まったく、ナポリに来るたびにこうだ！」

訛らずに男が叫んだので、他所者だと知れる。頭にすっかり血が上ってしまったらしい。そのうち男は、ナポリはクズだ、恥を知れ、まともに動くものが何一つない、と大声で文句をまくしたて始めた。己の怒声に興奮したのか、いきなり拳固《げんこ》で検印機を叩きつけた。テレビの映りが悪いとき、脇を軽く叩くと突然、画面がはっきり見えるようになったりしたものだ。男もそのつもりで、動かない検印機を叩いたのかもしれない。

ガンガン。

ガンガン、ガンガン。

叩きに叩いて、まだ止めない。

男が検印機に当たり散らしながらナポリへの罵詈雑言《ばりぞうごん》を吐くのを聞くうちに、車内にいる私達は次第に不愉快になってきた。通りでは相変わらずクラクションが鳴り、子どもが泣き、教会の鐘が響いている。

皆のイライラが、頂点に達した。

と、そのときシューンと音がしたかと思うと、突然バスのエンジンが止まった。

運転手はゆっくりとキーを抜き、前の降車口から外へ出た。

〈男が大騒ぎするものだから、怒ったに違いない〉

私達は、息をひそめて運転手の一挙一動を見守った。

運転手は後ろの乗車口に向かって、広い肩を揺らしながら大股で歩いてくる。

バスから運転手が降りてくるのを見た後続の車達は、この渋滞の上にバスまで故障したのか、と絶望してハンドルに突っ伏したかのようにクラクションを押しっ放しにしている。まるで追悼ラッパの重奏だ。その中を顔色も変えずに歩く運転手には凄みすらあり、私達は手に汗握る思いである。もうよせばいいのに、件《くだん》の男は意地を張ってか、いっそう激しく検印機を叩いている。

運転手は後ろの乗車口から上がってくると黙って男の横に立ち、肩をちょいと指で突《つつ》いて、

「旦那、金槌《かなづち》、要りますか？」

と、低い声で訊いた。

身構えていた男は、わけのわからない顔でぽかんとしている。

しんとした中、運転手は再び後部の乗車口から降りて、何ごともなかったように運転席に戻ると、ブルンとエンジンをかけ直した。

背後から一斉にクラクションが鳴る。今度は、歓喜のラッパなのだった。

その日、何時に大学へ着きどのような話を教授と交わしたのか、もうよく覚えていない。バスでの情景は衝撃的だった。予定を立て計画通りに進めることを評価される日本から、不測の事態の切り抜け方こそ能力、と見られるイタリアへ私はやってきたのだ。

問題がなくて当たり前の国から、問題はあって当然の国へ。

遅刻してよかった。

〈ようこそ〉。ナポリが大きく笑っていた。

すぐに私は、徒歩でどこにでも行くようになった。最初のうちは不安だったが、慣れてくると、毎朝、冒険へと出発するようで胸が高鳴った。

ナポリは歩く町である。

曲がりくねった道。坂。抜け道。分かれ道。穴。階段。角。行き止まり。切り通し。いくつもの出入り口。

平坦でまっすぐな道は少なく、進んでは止まり、歩を速めては息を整え、壁伝いに身を支え足下に目を向けて歩くかと思うと、建物と建物の境の青空に見とれたりした。歩くたびに道順と速度は変わり、同じ地点の往来なのに毎回いつ到着するのか計り知れないのだった。

迷って、町を知った。遠回りをしたおかげで、見つけた風景があった。

店主と懇意になった総菜店の横から、だらだら坂が始まる。それが大学への近道だった。一本道でところどころ幅広の階段になっているかと思うと、急な坂が現れて手摺《てすり》に摑まりながらそろそろと下りていった。下りた先の広場は地下鉄工事で埃っぽく、あちこちに立ち入り禁止のロープが張り巡らしてあり歩き難かった。十年以上も前から続いているという工事現場にはいつ行っても一人か二人しか作業員はおらず、終わる気配は一向になかった。

坂の上から下りてきて町の中央通りへと抜けていく人達と、中央通りから高台への近道を急ぐ人達とが行き交って、いつも大変な混雑ぶりである。人出を目当てに物売りが集まってきて客引きをするので人の流れが滞り、肩を斜めにして割り入らなければならない。

物売り達は全員が無許可である。売っている物は、印紙の貼られていない煙草にライター、オートバイや自動車の使い古しの部品、切った古新聞紙に直《じか》に包んだタラの唐揚げ、牛豚の臓物を茹《ゆ》でてぶつ切りにしたものなどで、一般店頭では目にすることのないものばかりだ。どれも一様に胡散臭《うさんくさ》さに満ちている。

数本の棹《さお》を組み合わせた手製の柵にびっしりとブラジャーをぶら下げて、

「どうだい、胸当て、どうだい」

など、叫ぶ露天商もいる。赤ん坊の頭が丸ごと入ってしまうほどの巨大なカップで、とても人間用とは思えない。いったい誰が買うのだろう、と見ているうちに、界隈《かいわい》を行く女性達は皆、実に恰幅がよいのに気付く。尻が大きい、足が太い、二の腕が逞《たくま》しい、という程度ではない。ドラム缶に肉を巻き付けたような体格の女性達は年齢も不詳で、買い物用のキャリーバッグを賑やかに引っ張り人混みを押し分け歩いている。

初めてその広場を前にしたとき、足が竦んだ。物売りの呼び声は下腹に響くしわがれた下町訛りで、怒声にしか聞こえない。恰幅のよい女性達に後ろから押されると、そのまま工事中の穴に落ちてしまいそうだった。

喧噪に包まれた広場を抜け切ったとき、何とかナポリでやっていけそうだ、と妙な自信が付いたものだった。

その下町の真ん中にルーカは住んでいた。

スパッカナポリ。

〈ナポリを断ち割る〉と呼ばれる一帯だ。私が居候していた家のあるヴィットリオ・エマヌエレ通りがナポリの表の要だとすれば、この下町のスパッカナポリは裏の髄である。その名の通り、長い刃物でばっさりと切り込みを入れたように旧市街をまっすぐに貫いている。建物と建物は接近し薄暗い。幅狭の通りは約一キロメートルほど続く。

ルーカとは大学で知り合った。

バスに乗り初めて教授に会いに行った朝、大学は開いてはいたものの授業は一コマもなかった。

前年ナポリは大地震に見舞われて、多くの建物が倒壊した。大学の学舎にもあちこちに大きな亀裂が入っていた。地震から一年経っていたが、損傷の調査すらまだ始まっていないような状況だった。

教授の研究室のある棟に着くと、入り口には赤白のテープが張り巡らされている。

〈倒壊の危険があるため立ち入り禁止〉

手書きの厚紙が掛かっている。記載の日付は、前年の地震が起きた頃のままである。当惑していると、すぐに何人かの学生が移動した研究室まで案内してくれた。おかげで私は無事、〈午前中に〉教授と面談することができたのだった。

調査を待つまでもなく、一見して地震の被害が深刻なのは明らかだった。安全な教室はなかった。授業のたびに教授と学生達は、外廊や階段、近くの教会の中庭など、空いている場所を探して彷徨《さまよ》い歩いた。黒板もマイクも机もなかったが、屋外での授業に不満気な学生はなく、むしろ皆、嬉々として芝生の上に本を広げたり大木の幹にもたれたりしながら授業を受けていた。

助けてくれたルーカと他数人は、東洋語学科に通う学生達だった。イタリアで、しかもナポリで東洋の語学を勉強する彼らは、他大勢とは違う独特の雰囲気を持っていた。

まず、着ているものが違った。たとえばルーカは、いつも中国の人民服姿である。色褪《いろあ》せるまで、二着の洗い替えを繰り返して着ていた。日本の下駄履きや昇り龍を刺繍《ししゅう》したシャツ姿の男子学生や、無数の鏡の小片を縫い留めたインド風の布袋を提げて来る女子学生もいた。

南部イタリアのナポリでは、いくら優秀な成績で大学を卒業してもなかなか就職はできなかった。ナポリといえば、法学部や建築学部の優秀さで知られている。どうせ進学するのなら、少しでも就職に有利な学部を選ぶのが普通である。ところが東洋語学科のルーカ達は誰も、将来のことなど気にしている様子はなかった。

「東洋の言語を習得しても、ここでは使い途《みち》がない。だから誰も見向きもしない。でももしもチャンスが訪れたら、誰にも先を越されることはないでしょう？」

ルーカの家は代々ごく倹《つま》しくて、この先も彼の人生が好転するのは期待できなかった。両親は素朴で善良だが、高齢で学歴がない。老父の口利きで紹介してもらえるのは、せいぜい港の入り口にあるバールの給仕くらいだろう。ずっと下町暮らしの父親は小学校にもろくに通わず働き始め、やがて港で荷の積み下ろしをして家族を養ってきた。ルーカの上には、四人の兄姉がいる。両親は五人目を予定していなかった。自分の行く末がどれほどに険しいか、ルーカは幼い頃からよく自覚していた。

今さら衆知の英語やフランス語、ドイツ語を勉強して、どうなる。

「祖父や叔父達、従姉妹《いとこ》も、仕事と未来を探して北へと移民したのだけれど、行った先でも暮らしぶりはたいして変わらなかった。当時のドイツやイギリスは、貧しい南イタリアが丸ごと押し寄せたような状態だったからね。簡単には辿り着けないような遠い異国の言葉を僕が選んだのは、そういうわけさ」

ルーカのグループの中には、ナポリ近郊の医者の娘や市内の老舗菓子店の息子もいた。職探しどころか働く必要すらない、恵まれた環境に生まれ育った者達だ。東洋の言語は、家業にも資産管理にも不要である。それを彼らがあえて選んだのは、安泰だが退屈な人生から、誰も知らない遠い異国へと冒険できるような気がするからではなかったか。

厳然と存在する階級は、世代が変わっても交ざったり入れ代わったりすることはない。港から高台に向けて何層にも重なるナポリの町を思う。それでも、曲がり角が続く大通りを串刺しにするような近道を抜ければ、高台と下町とは簡単に往来はできる。出自の異なる学生達は東洋の言語を共通の軸にして、互いの住む世界の間を往来しているのだった。

月曜日になると、学生達は大荷物で大学へやってきた。分厚い辞書やファイルの他に、黒い楽器ケースを背負ってくる。

私はてっきり、揃って音楽サークルに所属していて放課後に練習に行くのだろう、と思っていた。

「面白いから見に来ないか」

　ある月曜日ルーカに誘われて、教会の中庭へと行った。澄んだ青と明るい黄色で絵付けされた陶製のタイルが、小道や柱、壁と敷き詰められて美しい。

　学生達は各々場所を選んで座ると、おもむろにケースからヴァイオリンを取り出した。

　ルーカは中庭の中央に出てすっとつま先立ちしたかと思うと、空に指揮者のように両手で緩やかにUの字を書きながら、

「ニーイ」

と、言った。すると他の学生達がそれに続いて弓を引き、

〈ニーイ〉

と、U字の形を書くように、上から下、下から上へ柔らかに弦を鳴らしたのである。

　ルーカが柔らかい声を上げながら両手を振る通りに、学生達はヴァイオリンを鳴らす。単音を繰り返すだけの演奏が続いた。現代音楽のように聞こえたが、皆が楽譜代わりに見ていたのは中国語の教科書だった。難しい中国語のイントネーション

を体得するために、一語ずつに音階を付けて演奏しているのだった。

たまたま中庭を通りかかった人は、目を丸くして東洋語学科の学生達の授業風景を見ている。

色褪せた人民服を着て背伸びをしながら指揮するルーカは、空の向こうの中国を懸命に呼び寄せようとしているように見えた。崩れかけの教会や物売りの呼び声を背景に、ヴァイオリンの音色は滑稽で、そして物哀しかった。

友人の末娘リナは、幼稚園に行くのが嫌でならない。去年までは両親が仕事、兄姉が学校へ出かけたあと、祖母と子守りを独り占めにして広い家でのびのびしていたのに、幼稚園に上がってからはそうはいかない。朝早く起こされ、大嫌いなピンク色のスモックを着せられて、半分眠ったままでビスケットを齧《かじ》っている合間に、母親から無理矢理、靴を履かされる。

「わたし幼稚園を辞めて、今日から大学へ行く」

ある朝リナは皆に宣言すると、私の手を取った。

巻き毛の金髪に緑がかった青い目の美しい女の子だった。

不釣り合いなほどに大きな目をくりくりさせながら、

「ちょっと屈《かが》んで」

私の手を引っ張るので、しゃがんで顔を寄せると、

「そんなに小さくても、見えるの？」

こちらの目をじっと覗き込んで訊く。

「精一杯、目を開けてみて」

「どうして、目頭と鼻の付け根の高さが同じなの？」

「血は何色？」

「その太い髪の毛は、切り口が四角形になっているんじゃない？」

次々と尋ねるのだった。

芳しくない評判のせいで、当時ナポリの町中を訪れる日本人観光客はわずかだった。たいていの観光コースは、市内には寄らずにポンペイかカプリと決まっていた。日本人を見たことがないのは、五歳のリナだけではなかった。東洋語学科の中にも、身近に知る東洋人は語学教師の中国人だけで、

「生の日本人は、あなたが最初」

という学生もいた。

私がリナの手を引くのではなく、リナが私の手を引いて町に出るのだった。リナは得意満面だった。頭の回転の速い彼女には、まだ指しゃぶりしているような幼稚園の仲間では物足りない。自分は今日から大学へ行くことになった。しかも、東洋人連れである。

「ねえ、ニッポンジンよ。見たことある？」

会う人ごとにリナは自慢し、私の手を引っ張っては、

「もっと目を開けて、ご挨拶して」

などと、言うのだった。

高台に住むリナ一家は歴代、界隈のみならずナポリの顔役を務めてきた名家だった。よって計り知れない資産家でもあった。たとえば、表通り沿いの多くや総菜店の脇の下り坂から下町の広場へと続く両側の建物は、すべて一族の所有らしかった。

二人で坂を下りていくと、

「おはよう」

「大学でも頑張って」

「転ばないように」

「おばあちゃんによろしくね」

両側から声が飛んだ。私にではなく、リナに。

広場に入ると、大人の腰に届くかどうかという小さなリナは人混みに埋もれてしまう。細い声を張り上げても、上まで届かない。するとリナは、小さな頭で自分に向かってくるドラム缶達を力一杯に押し返すのだった。

「ちょっと、痛いじゃないのよ」

太った女性から文句を言われると、私は足下からリナを抱き上げて見せた。

「あらまあ、高台のお嬢ちゃんじゃないの」

怒って色白の頬に薄《うっす》らと赤みが差し、固く結んだ唇はサクランボのようで、リナはますます美しい女の子に見える。

今まで頭突きをしていた相手の顔の高さまで抱き上げられるとリナは、

「奥さん、もう少しお行儀よく歩けないのですか⁉」

相手の鼻先に小さな人差し指を突き立てるようにして、きちんとしたイタリア語で抗議するのだった。

ルーカと広場で待ち合わせをして大学へ行き、授業のあと広場でしばらく話をしてから家へ帰るのが日課となった。

広場にはナポリが凝縮していた。

私は、発展の遅れた南部イタリアについて卒論を書く予定だった。イタリアが統一されて以来ずっと、南部と北部の格差は重要な課題である。参考文献は多数あった。しかし、歴史や経済政策の難しい資料を室内にこもって読むより、家を出て総菜店の脇を下り広場のその日の様子を眺めているほうが、ずっと問題の本質を摑めるような気がした。

広場には、無数の路地が繫がっている。毎日ひと筋ずつ辿っては裏町へと入って行き、通りかかったバールに座って一時間も二時間も過ごしたりした。店員や同席する客達とたわいない雑談を少し交わしたあと、黙って座る。コーヒーを飲む。新聞を繰る。古い建物の開いた窓から、高い天井のアパートの中が見える。カーテンの掛かっている窓は少なく、両側に大きく開け放たれていて室内の様子がよく見えた。

大音量でテレビ番組が聞こえている。窓の近くにテレビが置いてあり、それを向かい側の家から見ている男がいる。男はバルコニーに出した小椅子に座って、下着姿で熱心に見入っている。

頭にカーラーを巻いた四十過ぎの女は、窓から乗り出すようにして短く指笛を鳴らす。見上げたのは、バールの斜向《はすむ》かいにあるピッツァ屋の若い店員だ。

「頼むわね」

女は暗号のように告げると、窓越しに紐付《ひもつ》きの籠《かご》を下ろす。ピッツァでも頼むのかと思うと、そうではない。若い店員は手を挙げて了解すると、店とは逆方向へと小走りで入っていく。ありがとう、と引き上げた籠から女はピッツァのテイクアウト用の紙箱を取り出し、札を入れて店員に戻している。箱に入っていたのは煙草だったのか、それとも他の何かだったのか。

キリキリと軋《きし》み音がして、右側の建物から左へとシーツが翻《ひるがえ》る。洗濯物を干すためにロープが渡されていて、滑車を回して両側の建物の間を洗濯物が往来する仕組みになっている。各階に掛かるロープには、ピンクの小さなタイツや黒い靴下、背番号10のナポリのユニフォーム、裾丈の順に並ぶズボン、作業服が干してあり、住人の暮らしぶりが想像できる。

路地に風が吹き抜けるのか、ときおりバサリとシーツが揺れ洗い立ての香りが路上にまで流れ落ちてくる。

毎日繰り返される些細なこと。かぎ慣れたはずの匂いに会って、しみじみとした温かさが胸いっぱいに広がっていく。優れた文の行間から物語が立ち上ってくるように、路地裏の目線と目線の間にナポリの実像が浮き上がって見える。路地は細くうねって、奥へ奥へと続いている。栄養も老廃物も、酸素も毒も通る、町の血管なのだと思った。

大学の壁の亀裂は一向に補修される気配はなく〈閉鎖中〉の厚紙はぶら下がったままで、相変わらず授業の場所は枠ごとに変わった。

そのうち冬が来て、暖かなナポリでもさすがに屋外での授業は厳しくなり、自習や家での課題を増やして大学に来なくなる教授も増えた。

聞いたところで何もわからない授業でも、リナは嫌がらずに付いて来るのだった。授業が終わるまで、紙切れに絵を描いたり、仰向けに寝転がって窓から雲を眺めたり、ときどきルーカの脛を蹴って笑ったりしながら待った。

ヴァイオリンの練習は一番の気に入りで、指揮を執るルーカの横に並んで立ち、懸命にヴァイオリンに耳を傾けて、数回繰り返しただけでリナは誰よりも上手に〈ニーイ〉と発音してみせた。リナの声は高く細く澄んでいて、小さな息が途切れるとそのまま空に消えていくようで、実に儚《はかな》げに聞こえた。

「行かないで！」

その朝、私は誰にも会わないよう、早い時間に建物の階段を下りようとしていた。ナポリでの滞在期間が終わり、その日のフライトで日本に戻る予定だった。

振り返ると、玄関口にパジャマ姿の小さなリナが立っている。

前夜までに友人達には別れを告げたが、リナにはどうしても言い出せなかった。いつものようにいっしょに食事をして、絵本を読んでやり、彼女が寝入るのを待って帰国の荷作りをした。

それでもリナはわかっていたのだろう。

こんなに朝早くに目を覚まし、広い家の一番奥にある子ども部屋から玄関まであとを追いかけてきたのだと思うと、切なかった。

「ニーイイ！」

小さな動物のような声が、涙交じりで割れている。

荷物を置いて階段を駆け上がり小さなリナを抱くと、彼女はエンエンと泣きながら小さなつま先で私を繰り返し蹴った。

階段に響く細い泣き声を耳に残して、私はリナの父親に駅まで送ってもらった。

ナポリが凝縮しているような朝の情景を見るのは辛《つら》かった。夜明けに家を出たのは、リナや町が目覚める前に離れたかったからである。

頼んで、葛折になったヴィットリオ・エマヌエレ通りを高台から港まで、ゆっくりと走り抜けてもらう。通り際まで建て込む不揃いな建物を見上げ、丘と屋根をなぞっていくと、聖マルティーノ修道院が町の頂点を極めるようにして建っている。修道院の薄茶色の外壁の上に、ナポリに切り取られた朝の空が薄青く広がっている。朝焼けを受け、一つ二つ浮かんだ雲が濃い橙色《だいだいいろ》に輝いている。あと十数分もすれば斜面にも朝日が届き、複雑に重なり合う建物が浮かび上がってくるだろう。

不条理の向こう側には必ず果てのない自由が待っているのだ、と朝の景色を見ながら思う。

高台のリナと下町のルーカ。

黒いひび割れと中庭に響く弦の音色。

バイクの排気と風になびくシーツ。

ナポリでの記憶は物や場所には繋がらず、五感の底に沈殿した。

日本に戻って振り返ると、長い白昼夢を見ていたような気がした。目覚めたとたん美しい夢の詳細は忘れてしまい、ただ甘美な心地だけが残るのと似ていた。

結局ルーカは大学を終えることができなかった。老いた父親が、そして母親が連なって他界し、兄姉達が早々に家を整理したがったからだった。心と身体の拠り所を同時に失ったルーカは、追悼ミサを終えると大学とナポリを後にした。

〈スパッカナポリで暮らせないのなら、もうナポリにいる意味はありません〉

ルーカからの転居通知は、ナポリへの訣別状でもあった。文面は、素っ気ないほど簡素だった。転居先として、〈東洋のどこか〉とだけ書いてあった。

ふと封筒を返してみると、差出人住所に〈元〉と前書きを入れ、両親を看取った家の住所が記されていた。

ニーイ。

高くて細いリナの声が耳元に聞こえてくる。

一瞬のうちに、あのときの音や匂いが無数の欠片となって押し寄せた。

ルーカはもうナポリには戻らないだろう。

〈ニッポンで迷子になっていない？〉

しばらくして、小学校に上がり字が書けるようになったリナから手紙が届いた。

しっかりと握り締めた小さな手の感触が蘇る。

夢の中の路地から抜け出たつもりで、実はリナが書いたように、私は未だ道順もわからないまま右往左往し続けているのかもしれなかった。

彼女の小さな、力強いつま先を思い出す。

三　不揃いなパスタ

「それでキミ、将来、研究者として大学に残るつもりはあるのかね」

主任教授が厳しい目で私に尋ねた。面接試験を受けている。

私が通っていた大学には、一年間の予定でイタリアへ国費留学できる機会があった。枠は一名。現地に渡ってこそできる調査や研究をして、帰国後に卒業論文としてまとめるのが奨学金を受ける条件だった。研究テーマはできるだけ斬新なものがよいとされたが、〈南部イタリア問題を調べたい〉と私が希望テーマを述べた途端、目の前に並んだ教授達は一斉に、うらむ、と腕組みした。古典から現代文学、思想に言語学と、我が母校にはイタリア研究の第一人者が揃っていた。ところがその教授陣の中には、私が選んだテーマを直接扱う人はいなかったからだった。

「文学や美術などを切り口にはできないものだろうか」

行っても帰る先がないと、送り出せない。主任教授は困った顔で、私に卒業論文のテーマの再考を打診した。

本当のところ、〈南部イタリア問題〉がいったいどういう問題なのか、選んだ私にもよくわかってはいなかった。何かの機会に目にした文献に南北問題について触れた一節があり、十把ひと絡げにはできないイタリアの複雑な事情を知った。駆け足の観光旅行で回った都市部のローマやミラノでさえ、同じ国とは思えない考え方や暮らし方の違いがあった。鉄道も通っていないような半島の突端や内陸部、国境の山岳地帯や島嶼《とうしょ》部には、いったいどんなイタリアがあるのだろう。当時、日本では手がかりになるような資料もなく、実際に現地に行ってみなければ想像も付かないのだった。

そして私は、そもそも文学や芸術が苦手だった。本は分野を問わず好きだったけれど、大学で文学の授業を受けてから、イタリア文学からは気持ちが遠ざかった。作家の懊悩を日本語へ置き換えていくとき、言葉に未熟だった私達は担当教官に導かれて作品の読み解きをした。異国の作家の言葉を、自分のものでない日本語で読まされていくうちに、居心地が悪くなった。イタリア語ばかりか母国語の力さえ、自分には不足していることを痛感したからである。きっとそのうち言葉の力を身に付けて、他人の手助けなしに味わおう。そのときが来るまで文学作品の中へと入っていくのは控えよう、と思っていた。

〈南部イタリア問題〉を卒論のテーマにするということは、現地の現状と背景を調べて自分なりに考察することである。

行って、見て、聞く。

過去の文人の心の襞を解《ほど》くよりも、直截《ちょくせつ》で容易いように思ったのだ。何より、イタリアに行けるではないか。

教授達はしばらく頭を寄せて相談し、ついに思想史の教授が帰国後の指導を引き受けてくれることになった。

「奨学生の受け入れ先は、偶然にもナポリですからね。しっかり見てくるといい」

こうして南部イタリアの核心ともいえるナポリへ、私は一年間の予定で出発した。

ナポリでの指導教官は、大らかな人だった。最初の面談の後、

「資料を読んでレポートをまとめなさい。気が向いたら、連絡するように」

参考文献の一覧と自宅の電話番号を渡すと、それでもう指導はおしまいだった。

ナポリを直撃した大地震の翌年であり、学舎も損壊している中、外国人学生の卒論指導どころではなかったのかもしれない。

一般に〈南部イタリアの問題〉と言うとき、戦後イタリアが復興していく際に、欧州他国に近い北部イタリアを優遇して諸政策が進められ、南部は発展から取り残されてしまったことを指す。

壊滅的な戦禍を被った北部は、多くを失ったことがかえって功を奏し現代的な産業をゼロから構築できた。道路も都市も新しい時代に合わせて改善されていき、若い就労人口が増えた。

一方、南部は自然や街並、港湾はひどい戦災を免れたものの、重工業としては造船や製鉄業が旧設備のまま残った程度で競争力も将来性もなく、時が止まったままとなった。働き手は南を捨て北へ向かう。外国へ渡る。人が減る。老体に血が巡らなくなるように、次第に南部は停滞していく。金が回らず、人が集まらず、貧して、涸《か》れ、廃《すた》れていく。衰退を食い止めようと、南部に実業を興す者や製造所を移設する企業には、国から助成金が出たり減税の措置が取られたりする新法も制定された。

私はそのあたりのことを調べようとしていた。

「南部問題だって？　調べたって無駄だね。南部人がいる限り、問題はなくならないんだから」

中部イタリアからナポリに来ている同級生が、皮肉っぽく笑う。

「本当の南部問題というのはね、自らはたいした努力もせずに北イタリアの稼ぎの恩恵を受けて楽して暮らしている、というところにあるんだよ」

彼は指導教官からの文献一覧を一瞥《いちべつ》すると、

「助成金や経済政策の変遷なんて、詰まるところ収賄と不正の歴史だろ」

ふん、と鼻を鳴らした。

地元の同級生達も、「そうだな」「無駄よね」「一年かけて文献を読む意味はないかも」と口々に言い、「研究しても、何の役にも立たないでしょうに」と、気の毒がった。

毎日の通学に、ナポリの下町の雑踏を通り抜ける。向かい合う店の軒先が重なり合うような狭い路地には、地元の人達が日々の買い出しに出かける店が集まっている。スーパーマーケットはない。野菜から肉、パン、肌着から日用雑貨や家具まで、個人商店が並んでいる。

「本日限り！　パルマから直送の特上生ハムだよ！」

加工肉店の主が呼び声を張り上げ、店先に吊るした生ハムの腿《もも》を指して自慢げだ。その指先に目をやると、生ハムの太腿には〈被災地向け〉と大きく赤で刻印が押してある。非売品。被災地への救援物資として配られるはずの食材が、どのようなルートを経てかは知らないが、下町の朝市で堂々と販売されているのだった。

「うかうかしていると、踏み潰されるからね」

市場で見てきた光景に憤慨していた私に、ナポリ生まれの同級生は顔色も変えずに答えた。善意の救援物資は、配られる前に悪の組織に取り込まれてしまう。外界での法規は、悪事のジャングルでは通用しない。せめて〈被災地向け〉の刻印を削り取るくらいの恥じらいがあってもよさそうなものなのに、と呆れる私に、

「刻印があるからこそ、原産地証明のお墨付きで売り易くなるでしょ？」

友人は平然と言うのだった。


暮らし始めてみると、刻印付きの生ハムなどほんの序の口だった。

歩けば、不条理に当たる。他愛ないものから恐ろしいものまで、日々あらゆる場面で待ち受けている。

いつ行っても、釣り銭を切らしている郵便局。コインの代わりに飴玉をよこす。

公共機関をいくつか回り支払いをするうちに、ポケットは飴玉でいっぱいになる。

いくら増えても、飴玉では買い物はできない……。

駅前に立つ青空市場に、家電を扱う露天商がいた。破格の商品群。友人はミニスピーカーの掘り出し物を見つけて、早速購入。

「壊れるといけないから」

店主は、丁寧に箱に入れてくれる。嬉々として帰宅し包みを開けてみると、中からスピーカーと同じ重さの煉瓦《れんが》が出てきた……。

シートベルト着用が義務付けられたとき、ナポリのドライバー達は粛々と励行している。感心していたら、法が施行された日にシートベルトをプリントしたTシャツが売りに出されていたのだった……。

高台にある国立病院。近所のピッツァ店からの出前が取れて人気だという。警察が、配達のバイクを抜き打ちで調べた。関係者専用の地下道を使っての、病院内への配達が頻繁に過ぎた。ピッツァを配達した帰り、手ぶらで帰らずに薬剤や注射針を運んでいた……。

いちいち驚き憤っていては、身が持たない。適当なところで義憤と手を打ち、堪《こら》えて先へ進むしかない。

南部イタリアの問題は、近年の政策の歪みによるものだけではなかった。海から攻め入り北上していく異教徒との歴史を、南部の人達は半島の下方からずっと見つめてきた。自分達の言葉や習慣は、侵略者に通じない。

〈うかうかしていると、踏み潰される〉

不条理は、生き抜くための武器なのだった。

一年という短い滞在期間では、南部問題の核心にまで触れられない。南部とひと言で言っても、広範囲で多様だ。

「文献を読むよりも、現場じゃない？」

フィールド・ワークといっても、行くあても調査方法も知らない。

級友達は、ほとんどが南部の出である。ナポリ近郊の出身者は、週末ごとに洗濯物と教科書を抱えて実家に戻る。彼らの伝手を頼りに、順々に近郊の町村から回ってみることにした。

まず最初は、カルメン。

中国語を専攻する彼女は、学内でひと際目立っていた。とりわけ美人でもないが、金色の巻き毛の間から覗く醒《さ》めた目は印象的だ。南部の女性にしては珍しく口数が少ないが、ときどき低めの掠《かす》れ声で言うひと言は核心を突いていて、舌戦に沸いていた周囲がたじろいで黙ってしまう。冷静で辛辣《しんらつ》な見解と天使のような髪とのギャップは、「胡椒《こしょう》と蜜のよう」と、男子学生からも女子学生からも一目置かれている。彼女はすべてに退屈したような様子で、それがまた、明るさだけが取り柄のような級友達の中で目を引くのだった。

三十分もかからないから、とカルメンに教えられて、ナポリ中央駅から在来線の鈍行列車に乗った。ところが一時間乗り続けても、まだ彼女の町の駅に着かない。ナポリから二駅、三駅目まではいた乗客も順々に降車していき、やがて車両に残ったのは私一人となった。まだ日が高い時間とはいえ、ひどく心細い。車窓には、住宅街でもなければ畑でもない中途半端な景色が続いている。鈍行の駅は短い間隔でいくつも連なり、停まったかと思うと発車した。その都度、列車は大きく揺れ派手な音を立て、それがいかにも野暮ったいのだった。

停車ごとに、駅名と手元の時刻表を何度も見比べる。もうこのまま永遠に目的の駅には着かないのではないか、と不安になり始めた頃、車掌が検札にやってきた。四十手前という年恰好の車掌は、二十歳そこそこの東洋人が一人で乗っているのを見て、驚いたようだった。

「ぷりいず!」

車掌は一節ずつ区切るようにしてそれだけ英語で言ったが、あとが続かない。

私は切符を差し出してから、行き先の駅に何時くらいに到着するのか、イタリア語で尋ねた。車掌は目を丸くして、

「イタリア語が話せるのですか⁉」

嬉しそうに検札を済ませると、どこから来たのか、なぜ来たのか、何の用があって今日はそこへ行くのだ、知り合いがいるのか、迎えはいるのか、矢継ぎ早に質問してきた。

大学教授の紹介で町の政治家を訪ねて行くところです、何せ南部イタリアの経済政策を勉強しているものでして。

早く話を切り上げるつもりでハッタリを並べた。私の尊大な調子に車掌は閉口したのだろう。到着予定時刻を告げると、そそくさと次の車両へ行ってしまった。

電車は、遅れに遅れていた。

どうでもよい景色は相変わらず続き、ほとほとうんざりした頃、車掌が再び急ぎ足でやってきた。私のコンパートメントの前で立ち止まると、ちょっと失礼、と窓

側に座る私の斜め向かいの席に座り、制帽を脱いで脇に車掌鞄を置いた。コンパートメントは車両の最後部にあった。きっとここは車掌の定席で、精算や検札の準備でもするのだろう。

ところが、

「日本人のお客と話すのは、初めてなんです」

を皮切りに、自分がどれほど日本に憧れているか、日本製バイクはすばらしい、ゲイシャに会ってみたい、休暇なしで働いて辛くないのか、シンカンセンは凄いらしいね、と止まらない。

最初のうちは問われるごとに返事をしていたが、そのうち車掌の饒舌《じょうぜつ》に閉口した。洗面所に立つふりをして立ち上がりかけると、

「あと四、五分もすれば着きますよ」

車掌は笑顔で言い、心底ほっとした顔で息を吐いた。

「がら空きの車両に一人きりだなんて、もしものことがあってはいけませんからね」

思い付く限りの話題を並べ、私が目的の駅に着くまで一人きりにならないよう間を繋ぎ、必死で相手をしてくれたのだった。

「ありがたいのか迷惑なのか、よくわからない話ねえ」

車中での親切について話すと、カルメンは大笑いした。

車で迎えに来てくれた男性については、「彼」とだけ、紹介される。車には、見知らぬ女の子も乗っている。後部座席から運転席の彼の首に両手を回し、ふざけて甘い声を上げている。まだ慣れないのだろう。濃い化粧が浮いて、面立ちの幼さがいっそう目立っている。

「いい加減にしなさい」とカルメンはその女の子を叱り付けると、

「妹のリリアーナ。たったの十五歳、まだ高校生よ」

子ども扱いされるのが癪《しゃく》なのだろう、リリアーナは姉のボーイフレンドにわざとらしくしがみ付いたまま、膨れっ面である。

カルメンは、ナポリとローマのちょうど真ん中あたりに位置するこの町で生まれ育った。父親は国立病院の外科医だ。一帯で唯一の病院、という。地元の名士だろう。

「母は勤めたことがないの。ボランティア活動に熱心で、料理教室や合唱クラブ、テニスサークルにも通ってる」

駅前からしばらく郊外へ向かって走り、車が停まったのは、家に向かってゆるやかな坂が延びている門の前だった。手入れの行き届いたクローバーの草むらが広がり、ところどころに植わった果樹の実や花が柔らかな緑に映えて美しい。ゆとりに満ちた一家の様子が見てとれる。

知人の婚儀に泊まりがけで出かけていて、両親は不在である。留守の間に姉妹は友人を呼んでパーティーを開く、という。総勢百人を超えるらしい。

カルメンは自室を私に貸して、自分は両親の寝室を使うと言った。

私は鞄を片付けてから両親の部屋にカルメンを訪ねると、ダブルベッドのシーツの下から姉妹が揃って慌てて顔を出した。そしてシーツが大きく揺らいだかと思うと、二人の間からカルメンのボーイフレンドも頭を出したので、私は仰天した。姉妹ともレースの下着姿である。ボーイフレンドは上半身裸だ。

「パーティーで夜更かしするから、今のうちに昼寝をしておくの」

リリアーナはそう言いながら、姉のボーイフレンドの胸に顔をすり付けようとする。

カルメンは妹の頭を思い切り押しのけ、大急ぎで彼の上に覆い被さるのだった。

再びシーツの下に三人でもぐり込むと、ヒソヒソ笑ったり嬌声《きょうせい》を上げたりしている。三人は、幼な子か動物がじゃれ合うようにあっけらかんとしている。

親の不在のたびに、一泊二日の不道徳ごっこを繰り返しているのだろう。

大学でカルメンが低く掠れた声で意見を言うとき、男子学生達が痺《しび》れたように聴き入るわけがわかったように思った。

家は広くて壁は厚く、庭に囲まれているので、どれほどの音量でレコードをかけようが騒ぎは外に漏れないだろう。おまけにここは地方の町の、さらに郊外である。あちこちに農地や空き地があって、近隣に迷惑の及ぶ心配はない。

パーティーの準備が始まった。

ソファを多用布ですっぽりと覆い、繊細な陶器は戸棚に片付ける。ガラス製のコーヒーテーブルは居間の隅に移動し、ジャカード織りのカーテンは踏み付けられないように裾をたくし上げる。銀製の小物や写真立ては箱に入れて、ベッドの下へしまい込む。

暖炉や棚の上の北欧の飾り皿や南洋の貝殻、中国製の花瓶、南米の織布などを片付けるのを手伝いながら、一家の変遷を辿る。無名の町の、プチブルの暮らしを垣間見るように思う。

日が落ちた頃から三々五々やってくる友人達は、友人宅でのパーティーだというのに晩餐会にでも行くような恰好をしている。香水もヒールの高さも過度で、胸元の開き具合はやたら気前がいい。身繕いに意気込めば意気込むほど、訪問者達はますます野暮ったく見えて切ない。

夜通しのパーティーといっても、大音量のレコードに合わせて踊ってはビールやワインを飲み、あちこちで新しい恋が生まれ、生真面目な政治論が交わされて、アルコールに慣れていない何人かが青い顔をしてソファに伸びている、という程度なのだった。

都会に暮らせば手近に多数ある店で好き勝手に遊べるのに、地方の小さな町だとそうはいかない。店は少なく、人の目は多い。親の不在を待たなければ、羽目を外す自由すらない。多少の不道徳は適度な毒抜きなのだ。

非日常の一夜が去ると、両親が帰宅するまでに家を元に戻さなければならない。

姉妹は、車庫から浴室まで這い回るようにして片付ける。

両親のベッドから剝《は》いでおいたシーツを、掛け戻す。鎧戸《よろいど》は、いつものように半分だけ下ろして。冷蔵庫には白ワイン二本。空になった木のボウルにクルミを盛り直す。客用洗面所には、プレスの利いた刺繍入りのタオルを五枚。奥の間に繋いでおいた犬を放してやらなければ。大量のゴミ袋を車で捨てに行く。

両親の出発前と寸分違わずに家が整ったとき、坂下に車が停まった。

チャオ、マンマ、パパ！

しばらく間を置いて、カルメンのボーイフレンドが、久しぶり、と素知らぬ顔で訪ねてくる。

「日本からのお客さんだなんて！　今晩はぜひお泊まりくださいな」

母親は何も気が付いてない。

ふと見ると、カルメンもリリアーナも、少し退屈したような拗《す》ねたようないつもの顔に戻っている。

ローマでもなければナポリでもない。都市でもないが寒村でもない。どうでもよい風景が広がる、個性のない町。

似たような小さな町が、ティレニア海とアドリア海を結ぶ道中に連なっている。

商いの道。侵略の道。伝道の道。

人や物資、文化や策略が運ばれていく経路にある小さな町には、歴史の胎動を下から支えて得た財と知恵がある。中核からは外れ、頂点に立つ機をついぞ得ることはなかったが、それゆえに地に墜《お》とされる危険や屈辱も知らずにきた。中庸の暮らしは細々と、しかし綿々と強《したた》かに続いているのである。

不自由のないカルメンが退屈しているのは、そういう町で生きていくには傍流であり続けるしかなく、変えられない運命、と承知しているからかもしれなかった。

ニーノは、そういうカルメンのファンの一人である。

東洋語学科の同級生。毎朝ニーノはカルメンを下宿まで迎えに行き、階下で待ち、下りてくるとすぐ辞書や教科書が詰まった彼女の鞄を持ってやり、肩を並べて登校する。ニーノの家は郊外へ抜ける途中の住宅街にあり、大学を挟んでカルメンの下宿とは正反対の方角にある。それでもニーノは毎朝カルメンを迎えに行き、毎夕送って帰る。

おはよう。ありがとう。

彼女の気怠《けだる》い掠れ声を聞くだけで、ニーノは十分に幸せなのだ。不必要に後を追いかけ回したりしない。少し離れて、いる。ふとカルメンが沈んだ顔で考えごとをしていると、いつの間にかニーノが手の届くところにそっといる。

ニーノは高校を出てから地方公務員として働いていたが、中国語を学びたくて大学に入り直した。社会人だったのは二、三年だったが、実年齢よりもずっと年長に見えた。学生といえばジーンズの時代に、彼はいつもスラックスだった。中央の折り目にはプレスが利いていて、生真面目な彼そのものだ。Tシャツ姿を見たことがない。暑い日も長袖の綿シャツである。地味な黒ぶちの眼鏡。丁寧に切り揃えた鼻下の髭《ひげ》。

そして何より、ごく短髪の頭。二分刈りにしても、頭のてっぺんが薄くなっているのはよくわかった。ニーノは自分が老けて見え、他の学生とは異質な存在であることをよく自覚しているようだった。初めて彼と会ったとき、てっきり保護者か大学の関係者と勘違いして敬語で話しかけた私に、

「僕、君と同じ学年なんだからさ」

ニーノは照れて自己紹介したものだった。

カルメン宅へ行った翌週、ニーノは自宅へ私を招待してくれた。彼はカルメンの

町も両親も知らない。いつも静かに笑っているだけで、仲間の騒ぎには加わらない。私から彼女の暮らしぶりを聞きたかったのかもしれない。

「地下鉄は工事中だし、バスだといつ着くのかわからないからね」

ニーノは慣れた足取りで迷路のような裏道を抜け、表通りの路上に停めてあった車に案内した。中古車を手入れしただけ、と彼は謙遜したが、わざわざ磨き上げてくれたのだろう。埃のない車内には、薄らと松の香りがした。

大通り沿いに走るとまもなく、メルジェッリーナ港へとさしかかる。中州公園の松林の間からは、まばゆい日差しが漏れている。海を抱くように丸く広がるナポリ湾の照り返しだ。せっかくだから、とそのままニーノは海沿いを走った。美しい景色に見とれるのか、速度を落としたり路肩に一時停車する車が多い。たちまち渋滞。流れが滞ると、ニーノは歌を口ずさんだ。賑やかな出だしは、だんだん哀調へ変わる。伸びのよい声を落とし気味にして、切々と続ける。歌詞はほとんどわからない。スペイン語のようでもあり、フランス語にも聞こえる。ハンドルを両手で打ちながら、歌い続ける。小節《こぶし》を利かせた節回しは、アラブの音楽にも似ている。

ナポリを通り過ぎていった、複雑で濃厚な古《いにしえ》の時を思う。

ニーノの歌を聴きながらだと、車外のカオスも映画の一場面のように見えた。

母親も父親も、妹と弟も、犬までもが玄関に勢揃いして、私を出迎えてくれた。

「まだ若いのに、よく一人でナポリまで……」

母親は涙目で、初対面の私を玄関先でいきなり抱きしめた。

家族全員に囲まれるようにして、玄関から居間、ニーノと弟の部屋、妹の部屋、両親の寝室、二ヵ所の洗面所に浴室、ベランダ、洗濯物干場や納戸に至るまで案内してくれる。

母親は戸棚や冷蔵庫の中まで見せようとするのを、ニーノに止められている。彼女は日本からの客に隅から隅までを見せたいのだ。どこを開けても整然と片付いている。彼女はそれが自慢なのである。冷蔵庫の扉には、観光名所のミニチュアが磁石になったものがびっしりと貼ってある。

「全部、家族で行ったところなのよ」

家族の過去の幸せな時間が、モザイク模様のように並んでいる。冷蔵庫を開け閉めするたびに、ローマのカラカラ浴場やミラノの大聖堂、ピサの斜塔が揺れ、その間をゴンドラが擦《す》り抜けていく。

「居間は落ち着かないから」と、台所で夕餉《ゆうげ》を囲んだ。客扱いされないのが嬉しかった。

母親は私からニーノの大学での様子を聞きたがり、父親は日本についてあれこれ尋ねた。話の合間に母親は席を立っては鍋をかき回し、コンロから下ろして食卓へ置くと、妹が空いた皿を下げ返す手で棚から皿を出しては鍋から手早く料理をよそった。ワインが空になると、父親はうしろの冷蔵庫から冷えたボトルを取り出す。ニーノが食卓の引き出しから栓抜きを取り出し、抜く。食器は頑丈で簡素なもので、皿を重ねて下げるとき元気のよい音を立てた。

すべてが皆の手の届くところにあった。初めての顔合わせなのに、旧知の居心地のよさだった。

両親ともに代々土地の人で、地方公務員である。父親は港湾関係の事務職で、母親は中学校の国語の教員。共に間もなく定年だ。

「公務員になることは、うちの家訓のようなものでね。身の丈にあった確かな暮らしができるでしょ？　ニーノもせっかく公務員になれたというのに、大学に行くなんて。それも東洋語だなんて」

大学を出たあと長男は遠い異国へ行ってしまうのではないか、と母親は気が気でないらしい。年の離れた娘や次男への態度とは、気の入れ方にたいそうな違いがあった。

彼が席を外した隙に、

「ねえ、うちのと付き合っているの?」

母親は大急ぎで私のそばに寄ってきて、こっそり尋ねたりした。

居間の壁面に設《しつら》えられた棚には、中央に大型テレビが置いてある。書籍は少ない。手書きでタイトルが記されたビデオカセットや、黄表紙の推理小説のペーパーバックシリーズにディズニーの漫画本、月刊の旅行雑誌や教会からの会報が無造作に横積みされているくらいである。

ところが、一カ所だけガラスの引き戸が付いた段には、大型の中国の写真集や辞書、漢字の背表紙が数冊、恭《うやうや》しく並んでいる。本の前の隙間には、天女の描かれた小茶碗や龍の筆置きが整然と置いてある。家の中央に、ニーノの中国が祀《まつ》ってあるのだった。

口ではあれこれ言うものの、母親も父親も、息子が大学に入ったことが本当は誇らしくてならない。

「日本は中国に近いのでしょうねえ」

ニーノが二国の違いを説明しようとするが、母親は聞いていない。イタリアから見れば、どちらも遠い東洋の異国に変わりない。

居間で手作りの焼き菓子やレモンリキュールを振る舞われて、皆でソファにくつろぎながら、深夜までテレビで昔のモノクロ映画を観た。映画専門のチャンネルがあり、毎晩、南部を舞台にした南部出身の俳優による映画を流している。没後も一向に人気の衰えない俳優達がいて、何十年も前の映画を繰り返し放映しているのである。両親はもちろんニーノや弟妹達も、筋ばかりか台詞《せりふ》まで知り尽くしている。

「もうすぐだよ」弟が待ちきれない声を上げると、母親がシィッと、恐ろしい目で睨《にら》みつける。

あっはっは。

もう空で言える台詞に、揃って大笑いしている。そして次の場面になると、

「ああ、何て酷なこと」

母親は切ない結末にもらい泣きする。

「何度見ても泣けるのよねえ」

母親が派手に鼻をかむのを合図に、皆は寝室へと立ち上がった。

三人の子ども達は大きな身体を折るようにして交互に両親に抱き付き、就寝の挨

拶をしている。

「私の天使達……」

順々に抱擁したあと、母親は一人ソファに座りしみじみ呟くのだった。

翌朝、匂いで目が覚めた。

まだ薄暗い時間だというのに、トントンと包丁の音がしている。そのうちジュージューと炒める音が聞こえ始めた。

オリーブオイル。タマネギ。

イタリアの朝には似つかわしくない匂いを追うように、エスプレッソマシーンにコーヒーが沸き上がる音が流れてくる。たちまち漂うコーヒーの濃い香り。

ジュウと大きな音がしたかとおもうと、甘酸っぱい匂いが広がった。トマトだ。

廊下に流れ出た匂いと音の束に呼ばれて台所に顔を出すと、母親が寝間着の上にガウンを羽織って、調理台とコンロの間をきびきびと往来している。

たいていの家では目覚めにはコーヒーとビスケット程度で、それすら口にせず出かけて行く人もいる。ところがこの家はどうしたことか。グツグツと鍋に煮え立つのは、豆である。

「あなたも食べるわね?」

母親は、ガラスの大瓶から深皿へパスタを手摑みで入れ始めた。

「ひとり、ふたり……六人!」

六握り分のパスタを、豆の煮え立つ鍋に放り込んだ。茹でずにいきなりソースの鍋に入れるなど、初めて目にするパスタの調理方法を私が珍しがっていると、

「ちょっと手を出してごらんなさい」

彼女は、私の両手にパスタを載せた。

スパゲッティやブカティーニ、ペンネ、貝殻、縁がひらひらした平麺、コイル形や蝶々、とさまざまな形のパスタが交ざっている。スパゲッティは細かく折れ、平麺は半分に割れたりしている。

大鍋の中で、不揃いのパスタと豆はいっしょにグツグツと音をたて始めた。家族が順々に食卓に着く。まずはコーヒー。目が覚めたところで、母親は次々とパスタと豆を皿によそっていく。

「幼い頃からニーノは身体が弱くてね」

朝が肝心、と母親は息子のために豆とパスタの煮込みを朝食に出すようになった。

パスタと豆のトマト煮は、イタリア全土に共通の料理だ。ごく庶民的で、家庭の

数だけ味わいがある。大衆食堂では定番かもしれないが、高級レストランでは出すところは少ないだろう。

ニーノの皿は、誰より大盛りだ。大きさも太さもいろいろのパスタの煮えどきは、まちまちである。どれにも満遍なく火が通るように煮込むので、伸びきっているパスタもある。

ニーノは熱々のパスタを頬張ると、

「マンマ、おいしいねえ!」

初めて口にしたように、溜め息を吐くのだった。

朝から豆と煮込んだパスタを食べることが、はたしてどれだけ健康に有用なのかはわからない。それでも、ニーノはすっかり丈夫に育った。

「不揃いのパスタにはエネルギーがあるからね」

ニーノは笑う。

彼の母親が特別に始末屋で、半端パスタをまとめて利用しているのかと思ったら、多種が交ざったパスタはナポリでは常備食材なのだという。

パスタが袋詰めされて売られるようになったのは、一九六〇年くらいのことである。それまでは、町のあちこちにパスタを打って売る店があった。さまざまな形状のパスタがあり、客は必要な分だけを量り買いした。閉店間際になると店主は、ザルの底に折れたり欠けたりして残ったパスタを寄せ集め、〈交ぜ合わせ〉として安売りした。庶民はその時間帯を狙って、パスタを買いに行った。いろいろな形のパスタを豆と煮込むと、皿の中が賑やかに見える。嵩《かさ》も高くなる。豆はプロテインも豊富で、おまけに腹持ちもいい。安い。〈交ぜ合わせ〉パスタは、下町の救世食だった。

町のパスタ屋が全盛だった頃、下町に〈ソーシャパスタ〉と渾名《あだな》される少年がいた。パスタを吹き付ける、とでも訳せばいいか。パスタの切れ端や床に落ちたものを拾い集めては息を吹きかけ埃を払い、〈交ぜ合わせ〉に加えるのが彼の仕事だった。

少年の家はごく貧しく、あるとき父親は子ども達に満足に食べ物もやれなくなってしまう。近所の食料品店に頼み込んで、幼い息子を手伝いとして預けた。

店主は困った。何せ、たったの八歳なのだ。何ができる。

考えあぐねた末、

「これから毎日、パスタに息を吹きかけろ」

と、少年に命じた。

こうして生まれたのが、〈ソーシャパスタ〉だった。

少年の報酬は、昼にはハムを挟んだパン一個、夜は温かな一皿だったという。

「毎朝、不揃いのパスタを嚙み締めるたびに、どん底からも這い上がるナポリの底力が身体に漲《みなぎ》るように感じるんだ」

おかげで自分は丈夫に育ったのだ、とニーノは言った。


共働きとはいえ、ニーノの両親は地方公務員である。暮らし向きは質素だ。子どもも三人を育て、大学までやるのは大変だろう。父親は午前中までの仕事を終えると、午後からは近所の老人に頼まれて電球を取り替えたり、排水口の詰まりを直したり、クリーニング店の配達を手伝ったりしている。母親は、週に何人かの子の家庭教師を引き受けている。

冷蔵庫に貼り付けた各地の磁石が目に浮かぶ。地道な時を重ねて、今の暮らしがある。寄せ集めのパスタの煮込みに、ナポリの力が凝縮しているように。

私はニーノに、カルメンとの週末の話をした。

粧《めか》し込んだ人達が集まり賑やかだったが、ただそれだけだったこと。台所での家族揃っての夕食も、ソファで観る深夜のモノクロ映画もなかったこと。〈交ぜ合わせ〉のパスタなんて、カルメンは食べたことがあるのかしら。

「でも、〈すべてに手が届く〉というのもまた、ときには煮詰まるものなんだよね」

黙って聞いていたニーノは、手の届かない情景に憧れる目をして呟いた。

休講になると、皆で大学の近くにある菓子店によく行った。地味な店構えだったが名だたる老舗で、銘菓を数多く生んでいる。中でも有名なのは、赤ん坊の頭ほどもあろうかという〈ババ〉だ。キノコ形に焼いたスポンジケーキにラム酒入りのシロップが雫《しずく》の垂れるほど沁み込ませてあり、ひと口食べると甘さと香りで頭がぼうっとする。あるいは、パイ生地を貝の形に何層にも重ね合わせて焼いた、スフォリアテッラ。ドライフルーツの欠片が入ったリコッタチーズが詰まっている。

イタリア近代思想史に残る、哲学者で歴史学者でもあったベネデット・クローチェも、この店の常連だったという。難解な理論で時代を左に右に往来しながら思索し続けた彼は、この極甘の菓子をどういう顔をして食べたのだろう。

大学の裏通りにあるこの店は、文人や思想家、芸術家や政治活動家といった人々の集まる、ナポリの文化サロンの役割も果たしてきた。

店先に並ぶテーブルに座りババを頬張りながら、路地を眺める。

学生。物売り。乳母車。疾走するバイク。怪しげな目付き。野良猫。老人。ハイヒールの女。黒人。けたたましく鳴る警報機。泣き声。転がるサッカーボール。小競り合いする男二人。バターと砂糖の交ざった甘ったるい匂い。

この町を形作るさまざまが、店の前を通り過ぎていく。

店にはひっきりなしに人が訪れる。買い物帰りの主婦が、ショーケースの中を指差して次々と注文している。若い母親はクリームを詰める前のシューの皮だけ買い、乳離れしたばかりの子に持たせている。スーツ姿の初老の男性は、ホイップした生クリームをシャンパングラスに山盛り入れてもらって嬉しそうだ。

「でも、僕の町の菓子には敵わないね」

後から休講組に加わったトビアが、座るなり言う。誰も返事をせずに、各々の雑談に耽《ふけ》ったままである。これより美味しい菓子があるなんて、と気詰まりに思った私が相手になると、トビアは待ってましたとばかりに故郷の菓子自慢を始めた。

「たとえば、カンノーロ！　出来立ての羊乳チーズで作ったクリームには、自家製オレンジピールときまってる。祖母はね、隠し味に手作りの果実酒を入れるんだ。

うちのアーモンドは格別の芳ばしさでね……」

自慢話はオレンジから果樹園へと移り、花の香り、火山灰土の黒々した色、紺碧《こんぺき》の海からマグロ漁へと流れていく。話は止まらない。

他の級友達は、椅子ごと近くのテーブルへ移動してしまった。トビアは、機会があるといつも故郷の自慢話をするらしい。

「シチリアの美しさは神々しい！」

感に堪えないような声で繰り返している。

船着き場から車で移動し、途中で乗り捨て、歩いている。絶壁沿いの坂道は急なうえ幅狭なので、車は通れないのだ。

晩春だというのに、午前中からもう日差しは強い。直射日光を受けると、チリチリと焦げる音がするようだ。周囲には、地にへばり付くように生える草が点在するだけで、陰を作る木は一本も生えていない。

ついにシチリアまで来てしまった。

毎日のトビアの故郷自慢は日ごとに切々とした調子を帯び、とうとうある日、

「夏休みまでもう待てない。今なら空いているから、皆で行こう！」

颯爽《さっそう》とした顔で誘った。

シチリアは遠い。しかもトビアの故郷は、本島からさらに離れた小島なのである。対岸は北アフリカだ。格安の飛行機などまだない時代である。ナポリから夜行列車に乗り、ローカルバスに乗り換え、本島の突端の港から連絡船で海峡を渡る。時化《しけ》たら本島で足止めだ。すぐそこに見えているのに、なかなか着かない。

「中国や日本より遠いな……」

黙って歩いていたニーノが呟く。ナポリを出てから、かれこれ十四、五時間は経っている。連れ立ってやってきたのは、ナポリ生まれの六名だ。同じ南部だというのに、誰もこの離島には来たことがない。

「イタリア南部というより、アフリカ北部と言ったほうが適切だな」

慎重に坂道を行きながら、別の級友が言う。

地を這う貧相な草は、よく見るとケッパーだった。肉厚の葉に隠れて、親指の頭ほどの実がいくつも成っている。むしり取ると、青臭い匂いがたちまち鼻を突く。地から引き抜かれてケッパーが怒っているような、強烈な匂いだ。

先頭に立つトビアは、慣れた足取りでどんどん行く。

離島に独りで暮らすトビアの老いた叔父は、自家農園でやりくりしている。農園は離島の突端にあり、通うのがひと苦労だ。小屋を建てて、寝泊まりできるように整えた。数年かかって自力で建てた小屋は、出来上がってみるとなかなかの住まいになった。島の突端なので、船の舳先《へさき》にいるような景色なのである。道がないから、人通りもない。日が暮れると、星と波音しかない。

家が完成した年の夏、シチリアの諸島巡りをしていたヨット族が沖から家を見つけて、わざわざ訪ねてきた。絶壁に沿って道を下りていくと、小さな湾に出る。高い岩壁に囲まれているので、外海が荒れていても湾内は穏やかである。ヨット族はそれを知っていて、船を湾に碇泊《ていはく》させ陸での中継地として夏のあいだ家を借りたい、と頼みに来たのだった。

「叔父は若いときにドイツへ移住したことがあったけれど、寒さに勝てずにシチリアに戻ってきてね」

以来、島から出たことがないという。この島だけにいるのなら、暮らしはどうにでもなるのだった。ケッパーとチーズを交換したり、魚を釣ったり。

真夏、この一帯は気温が五十度近くにもなる。いくら小屋に寝泊まりしても、酷暑の下での農作業は老体にはもうそろそろ無理、先行きを心配していたところだった。

半信半疑でヨット族に貸した小屋は評判が評判を呼んで、叔父の新しい収入源となった。

「島が助けてくれたんだよね」

トビアはしみじみと言う。

夏前ならその小屋が空いている。好きに使っていい、というのである。

産業が立ち後れているとか交通が不便とか、ここの問題はそういうことではなかった。何せ離島にあるものというと、崖のはるか下に広がる海と容赦ない日差し、過ぎない時間だけなのである。

なければ、出ていく。残りたければ、自分で作り出す。

「南部問題？　何もないところには、問題すらないんだよ」

トビアはナポリにいるときとは打って変わって、生き生きしている。

小屋が見えてきた。島の縁《へり》で、天いっぱいの太陽を浴びている。蒸し風呂状態か、と恐る恐る中へ入ると、ずいぶんとひんやりしている。電気も通っていないところにエアコンがあるわけがないのに。

不思議がる私達に、トビアは玄関脇の地面に出ている取手を持ち上げて中を見せた。

そこには、黒々と揺れる水があった。地下貯水池だった。重く響き渡る私達の声から、その深さと広さが知れた。

ここには雨が降らない。天からも見放されている。わずかな雨水を外に貯めようとしても、厳しい日差しで乾涸《ひから》びてしまう。あるいは抜き盗られる。毒を入れられるかもしれない。

貯めて、守る。水の上に暮らして、守る。

「水があれば幸せ、だなんて、いったいどれほどのどん底ぶりなのかと驚くだろう？　僕もずっとそう思っていた。大勢がここを出ていった。でもね、持てば持つほどに問題は増えるものなのさ」

四　暮らすと、見える

二十歳そこそこだった頃にナポリで一年間暮らし、東京に戻ってきたら自分の居場所が見つからなかった。

会う人ごとに、

「よく一年もあそこで！」

と、口々にナポリ滞在を驚嘆されたのに気をよくし、すっかりイタリア通になった気でいた。経験を生かす職を見つけるのはわけないだろう、と高を括っていた。大学時代も含めてのたかだか四、五年で習得した語学や知識程度でいっぱしの専門家気取りがお笑い草なのだが、若気の至りで自覚できていなかったのだ。

『肉でもなければ、魚でもない』

どっちつかずの中途半端なことをイタリア語でそう言う。気負って日本に戻ってきた私は、もう初心者ではないけれどまだ専門家にはほど遠い、まさにどちらでもない状態なのだった。

『ナポリを見て死ね』と言うけれど、ナポリを見たら死ぬかも、という印象をかつては多くの日本人が持っていたものだ。私にとって初めての海外旅行が卒業論文のための渡航であり、その行き先がナポリと知ると、事情通達は一様に心配し同情した。

「語学の勉強にもならないわね。正統なイタリア語なら、やはりフィレンツェに限るでしょ。ナポリなんて、イタリアの場末じゃないの」

住んだこともない人からまで、ナポリ行きなど無意味、と忠告されたりした。

〈はたして、そうだろうか?〉

初めてのイタリアに、ローマもフィレンツェもナポリもなかった。どこも同じイタリアではないか。ナポリ訛りだからどうだというのだ。むしろ、訛り交じりで話せるほどに上達したいものである。まだ動詞の〈行く〉〈帰る〉の変化を暗記するあたりでイタリア語をウロウロしていた私は、他人が南部イタリアのことを悪く言えば言うほど、まだ見知らぬ地にいっそう強く惹《ひ》かれた。

それほどに難しい町ナポリを突破できれば、自分のイタリア濃度は高まり、日本に帰る頃には向かうところ敵なし、となれるのではないか。胸が弾んだ。

勇んで住み始めた町は、想像を遥かに超えて混沌《こんとん》としていた。

慢性の不況に町は荒《すさ》み切っていて、少しも油断できない気配が漂っていた。公共の設備から民間のサービスまであちこちに不備が目立ち、何をするにも過分に時間と気力が要った。表向きの規則は通らず、裏のきまりごとも了解していなければ些細なことにも埒《らち》があかない。町の様子を窺いながら、あうんの呼吸で生活する。事情に不慣れな他所者には、暮らし難いことこの上なかった。

目の前の支離滅裂に、突発事態が起こって混乱しているのだろう、と騒ぎが収まるのを待つものの一向に事態は変わらない。むしろ混乱が混乱を呼んで、さらに錯《さく》綜《そう》する。

多くの人は収拾の付かない様子に呆れて、「社会生活を営む能力に欠けている」と、非難する。ナポリに逗留《とうりゅう》する必要のない人達は早々に退散し、もうこりごり、と二度と訪ねようとしない。ナポリが苦手という人は概《おおむ》ね、几帳面で真面目である。確かな目標を定め、細かく計画を立てて、時間軸に合わせて行動を起こし、時間内に目的を達成しようと邁進《まいしん》するような人達だ。研究だったり、仕事だったり。あるいは、夫の赴任に伴ってきた専業主婦だったり。人生の優等生であるその人達がナポリで暮らし始めると、すべてのボタンが掛け合わないような毎日が待ち受けている。私用はもちろん、仕事の打ち合わせから郵便局や市役所、電電公社に水道局や病院といった生命線を預かるようなところまで、円滑に物事が進まない。用件を済ませるためには繰り返して通わねばならず、行くとその都度、異なることを言われる。人の数だけ答えがある。

「そのどこがおかしいのか」

ここで腹を立ててしまうと、ナポリ的生活はもう先へ進まない。

そしてナポリを否定すると、イタリアの全容は見えてこない。

〈居住予定地に到着してから三日以内に管轄の公安の移民局まで出頭し、滞在許可証の申請をすること〉

長期滞在外国人への公安からの注意事項を読み、私はナポリに着いた日のうちに届け出手続きを済ませておくつもりだった。

「今の時間、警察はもう閉まっているし、明日は祝日でしょ。休み明けに行けば、それで間に合う」

年上の友人は悠然と言った。

警察に午前も午後もあるのだろうか。休み明けに、などと鷹揚《おうよう》に構えていていいのか。期限超えを咎められ、国外退去を命じられたらどうしよう。

友人は、あれこれ気を揉む私を異星人であるかのように一瞥し、

「世の中、すべて相対的なのだから」

淡々と諭して、アイスクリームでも食べに行こう、と私を外へ連れ出した。


一年間ナポリで大学に通うためには、学生ヴィザが必要だった。日本を出発する前に、東京のイタリア大使館を訪ねた。

大使館はすでに異国情緒に満ちていて、入った途端もうイタリアに着いたようで舞い上がる。勢い込んで渡航目的を説明にかかる私を、ガラスの衝立《ついた》ての向こうにいる担当の日本女性は手で遮り、

「そういうことは、いちいち説明してもらわなくて結構。すべて書類に書いて提出してください」

無表情で指示した。

帰宅して、必要書類を揃え、再訪する。

「ここ、ひと文字、間違えていますね」

顔も上げずに無表情で指摘する。

書き間違いはその一ヵ所だけである。

二本線で消して上書き訂正しては駄目でしょうか。

「二本線で訂正、ですって⁉」

ジロリと目だけ上げ、窓の向こうの人は取り付く島もない。新たに一からすべて書き直してくるように、と分厚い書類の束を突き返した。うちから大使館までは遠い。

即刻ここで書き直しますので、なんとか待ってもらえませ……。

ガシャリ。受付時間が終わるや、私の乞いを聞き終えることなく女性はものも言わずに窓口を閉めてしまった。

あと十分もあれば書き直せたはずだった。書類の不備はこちらの落ち度で、家が遠いのは手前勝手な事情。文句を言えた立場ではないけれど、ややこしい書類を携えて来ているのだ。少しの情けはあってもよさそうなのに、と半べそで帰宅する。

「この書類はコピーも付けてもらわないと」

再々訪すると、どこにも記されていないことをいきなり窓口で指摘される。

彼女の席のそばにコピー機が見えている。

あの、その、と口ごもる間に、ガシャリ。

戻って、出直す。

そうして何度か通った末に、やっと手にしたヴィザなのだ。一刻も早く現地の公安へ提出し滞在許可証の発行を受け、足下を固めて正々堂々とナポリ暮らしを始めたかった。

「そんなにやきもきするな」

管轄の警察へは友人が同行してくれるという。

「僕達にとっても、あそこは樹海だ。いったん入ったが最後、そう簡単には出て来られないから」

私は日本ですら警察を訪ねたことがなかった。このカオスの標本のようなナポリで、生まれて初めて公安を訪れる。悪党がひしめく署内を勝手に想像して、身が縮んだ。

今日にでも行くつもりでいたのに、友人は知らん顔のまま港の入り口で買ったアイスクリームを舐《な》め、暢気《のんき》に沖合を見ている。

しばらくして、彼が黙って、〈見ろ〉と合図した。波止場の先をジーンズ姿の大柄な男性が恋人と腕を組んで歩いている。

「移民局に勤める知り合いだ」

アイスクリームを片手に、私達は二人を追いかけた。

了解。僕に任せて。ノープロブレム。

手を胸に押し当てて、その男性は友人越しに私に笑顔で約束した。

しばらく立ち話をし、移民担当警官とその連れを見送ったあと、

「もしあのまま家でジリジリしていたら、アイスクリームも食べられなければ海も見られなかったし、彼にも会えなかっただろ？」

友人は何でもないことのように言い、そのままついでに港をぐるりと案内してくれた。

しかし、ノープロブレムだったはずの移民局からは、その後待てど暮らせど滞在許可証は発行されなかった。滞在期間の一年を終えいよいよ明後日には日本へ発つ、という段になって、友人は再び移民局まで私を連れて行った。

「だいじょうぶ。僕に任せて」

件の担当者は一年前と同じ笑顔で言い、紙の山の麓《ふもと》あたりから私の書類を見つけ

出すと、彼に渡したときのまま手付かずの申請紙にポンポーンと勢いよく受領印と承認印を押し、満面の笑顔で私に手渡した。

イタリアから出国するために、イタリアでの滞在許可証を滞在の終わる直前に受け取った私に、

「ほら、間に合っただろう？」

友人は胸を張った。

自分が育った世界での常識や慣習が、外でも同様に通じるとは限らない。生真面目で几帳面な人には、なかなかそれが通じない。さらに博識な人ともなると、自分の世界観に絶対の自信があり他を認めない。よい世の中になるよう規則は作られそれに従うのが人の常、と信じている。例外は不愉快で、邪魔。間違いは許さない、とその人達は考える。

ところがナポリは例外と間違いで成り立っている。規則を前にすると、見えない力でひと括りにされてしまうのではないか、と疑う。規則の周辺をよく調べ、抜け道を探して、もし見つからなければ自分で新たな風穴を開ける。ナポリ風の融通であり、臨機応変、独自の解釈だ。

風通しはよくなるけれど、開いた穴からは水も入り込んでくる。ここで生真面目な人達なら、水浸しになる前に穴を塞《ふさ》ぎ、水の流れを変えようとするだろう。

ナポリでは、それでは生き延びていけない。

流れ込んできた水に身を任せ、あるいは舟を浮かべ、逆らわずに流されてみる。着いた先で次を考えることにしよう、と考える。

生きていれば問題は目白押しである。いちいちたじろいだり抗したりしているうちに、別の問題が迫ってくる。原因解明と対処も大切だが、一掃しようと身を粉にするより、とりあえず問題と共に暮らしていく能力のほうがこの町で生きていくには必要である。欠点はわかっていてもすぐには改善されないものだ。

「落ち度のない人生なんて、いったいどこが面白いのよ」

短所を論《あげつら》われて、ナポリの人達は憤慨し言い返す。

滞在許可証を持たない一年を、私はオールのない小舟で大海に漂う気持ちで過ごした。身分も居場所も不定で、行き先ともなるとさらにわからない。確かなのは自分の身だけ。〈僕に任せて〉など、当てにはできない。

自分の次に信用できるのは家族と友人、か。

そういうわけで、いくら能力があっても縁故がなければナポリではうまく物事が進まない。口添えあっての進学や就職であり、入院するのも肉を買うのも、書留を送るときでさえ、知り合いからのひと言の紹介があれば状況は好転する。

正攻法では通じないナポリでの処世術を、あの一年で見聞きした。それはまた、残りのイタリアを開いていく鍵でもあった。

ナポリで世話になった友人は、三十代で事務所を構える有能な建築家だった。彼の家は代々食肉の卸売り業を営み、優れた品質の肉を扱う老舗として知られていた。父親は還暦を過ぎてもタフな現役で、突進してくる水牛のような迫力に満ちた人だった。すべてが滞るナポリで、資金繰りをし、特級品を仕入れては売り捌き、円滑に事業を回していくのは、並大抵なことではなかったはずだ。その労苦に見合う資産を持ち、人脈の広い商人だった。

新たに顧客を開拓するまでもなく、実家が関わる精肉業者の店舗を相手にするだけで、若い建築家には十分過ぎる仕事があったかと想像する。自宅からほど近いところにある友人の建築事務所には、依頼が絶えないようだった。

大学を出ても建築事務所に雇ってもらうことさえ難しい状況で、こんなに繁盛しと私が心配すると、友人は嬉しくてたまらない様子で言った。大掛かりな都市建築設計コンペだったという。難関を突破しての最優秀賞を手にして、親の七光りだけではないと世間に示せる、と友人は誇らしげだった。

イタリアではゼロから建築物を造る機会が少ない。古代に遡《さかのぼ》る遺跡が数多く残り、新しいものを建てる余地がないのだ。空き地があっても掘るとすぐに遺跡に当たり、調査と保護のために工事は中断されてしまう。せっかく建築家になっても、既存の建物の室内を改築したり運がよければ田舎に別荘を建てたりして、何とか生計を立てている。

「千載一遇のチャンスだ。これからは国際コンペにも参加できるようになるかもしれない」

友人は興奮している。

コンペに勝てるよう、彼の父親が手を貸したのだろうか。

素直に喜ぶ友人を見ながら、水牛のような佇《たたず》まいの商人を思い出す。友人の図抜けた能力は認めるものの、審査の公正を密かに疑う。

「すべて相対的なんだよ」

私の思いを見抜いたかのように、友人は含み笑いした。

それからしばらくの間、彼は事務所を留守番に任せて、打ち合わせのために隣町へ頻繁に通った。

海開きを控えて、ナポリから隣町を繋ぐ道は曜日を問わずに混んでいる。ヴェスヴィオ火山の麓と海に挟まれた細長い一帯で、高速道路と国道が並行して走る他には細断された市道があるだけだ。先にはポンペイに続いてソレント、ポジターノ、アマルフィと連なっている。地元の人達ばかりではなく、世界中から人が押し寄せる絶景の地である。渋滞を避けるために鉄道で行くにしても、隣町の駅で降りてから先への足がない。資料に図面や模型、と荷物は多い。友人は夜も明けないうちにナポリから車を出し、隣町へ通った。

打ち合わせが早く終わっても、高速の渋滞に巻き込まれると帰宅は深夜に及んだ。

今日は少し早めに帰ってこられた、とほっとしていると、

「紹介しておきたい人が来たから」

隣町から呼び出しを受けて、とんぼ返りということもあった。

打ち合わせは毎日ではないけれど、月に一度というわけでもない。隣町に家を借りようにも、中途半端である。何より、ナポリの事務所を他人任せにはしておけない。設計図面に署名を入れて役所へ提出するのは、責任者の彼なのだ。

隣町に通うことは栄誉だった。しかし最初は張り切っていた彼も、次第に疲弊していった。時間と熱意を注いでいるのに作業は遅々として進まず、そのうちナポリの仕事も停滞するようになった。

〈吸血鬼に襲われたみたい〉

ある朝、落ち窪んだ目をして朝食も取らずに出ていこうとする友人に私がふざけて声をかけると、彼はハッと立ち止まり、

「僕が誰かの血を吸うようになる前に、何とかしなくちゃ」

暗い声で返した。

一度だけ彼の車に同乗して、隣町まで行ったことがある。

まだ薄暗いナポリからすぐ高速道路に乗るはずが、なかなか普通道路から抜け出せない。道の両側には、びっしりと路上駐車の列である。寝ぼけ眼で車窓からその車の列を見ているうちに、おやと思う。車ばかり見えて、道路沿いには建物がない。

対向車もいない。

友人は慣れた様子で車を走らせている。

「さてと、ここからやっと全速力だな」

それまで一般道路だと信じていたところは、もうすでに高速道路なのだった。入ってすぐの路上に、翌朝高速に乗って出かける人達が前の晩から縦列駐車していたのである。ちょっと邪魔だけれど、と友人は苦笑いするが憤慨はしない。規則があっても、どうせ次の瞬間には破られてしまうのだ。

しかし入り口での驚きなど序の口だった。隣町まで距離にして二十キロ足らずだが、高速道路に乗らないと到着はいつになるのか知れない。余裕を持って早朝に出てきたのにもかかわらず、まもなく自然渋滞に巻き込まれてしまった。

路面をよく見ると、補修工事のために三車線のところを二車線に変更して引いた臨時車線が、工事後もまだ消されずに残っている。工事後に引かれた色違いの新しい車線が、臨時車線の間を通る。錯綜する新旧の線は、騙《だま》し絵のようである。果たしてここは二車線なのか、三車線なのか。

隣の車種を横目で確認しながら運転する。小型中型が揃うとすぐに三台は横並びになり、道は三車線となる。低速で前を行くバスやトラックに近づいていくと、小型中型は大急ぎでその間を器用にすり抜けて、前へ出ていく。コマネズミが全速力で逃げていくようだ。すると今度は車線が一本減り、バスとトラックと並ぶ二車線へと変わる。車線は確かに引いてあるが、あり過ぎていったいどれが正しいのかわからない。運転手が各々に近づく車両と車幅を見て、自分達で二車線か三車線かを瞬時に決めていくのだった。既存の規則に忠実な運転手が生真面目一辺倒の運転を続けると、高速道路上での臨機応変のきまりが乱れ、渋滞を生む。事故になる。

自然渋滞が緩むや否や、我先に追い越し車線へと車が集中する。それで追い越し車線が詰まり始めると、一番端の低速用の車線から真ん中の車線に走り込んできて、追い越しをかけてくる。

私達の車は、三車線の真ん中を走っている。左右から同時に二台の車が車線変更して、真ん中の前方に入ってくるのがサイドミラーに映る。

〈追い越し車線から真ん中に戻ってこようとしている車があるから、あんたはちょっと待って！〉

〈今、真ん中の車線に入ってきては駄目よ！　低速車線から入ってこようとしているのと、ぶつかる！〉

私は、助手席から左右の車線に向かって叫ぶ。

映画館で壮絶なカーチェイスのシーンを見るのと同じで、ハラハラドキドキの連続だ。友人は、動じず運転し続けている。恐ろしくて半分目をつぶっていると、今度は後方からけたたましいクラクションの音が近づいてきた。支離滅裂な運転に腹を立てた車が抗議でクラクションを鳴らしているのかというと、そうでもないらしい。押しっ放しの音が鳴り響いて、サイレンのようだ。

クラクションが近づくにつれ、前を走っていた車は少しずつ速度を緩め左に右に幅寄せし始めてノロノロ運転となり、再び三車線すべてが渋滞に陥った。

皆が車体を寄せてできたわずかな隙間を、クラクションの車が通り抜けていく。互いに窓を開ければ頬ずりでもできそうな至近距離で、その車は走り抜けていく。助手席側の窓に白い布が挟んであり、バタバタと大きくはためいている。緊急事態だったのか。

「今日、これで何人目の急病人なんだろうね」

友人がぼそりと言う。

たった今、クラクションが白旗をたなびかせて通り過ぎていったかと思うと間髪を入れずに、その隙間に斜め後ろから車が飛び入って、助手席の窓にTシャツを挟むと同じようにクラクションを鳴らし始めた。

オレも急ぐ、とにわかに言われて誰が信じる。

狼と少年のよう。あまりの瞬発力と小賢しさに思わず噴き出したが、周囲の車は堪忍しない。一斉にブウブウとクラクションで非難し、それまで寄せていた車体を元に戻して行く手を阻み狡猾者《こうかつもの》を封じ込めてしまった。こうなると、先の車も本当に緊急事態だったのかどうか怪しいものだ。

「アイデアは、いち早く実現した人のものだよね」

狡猾さは生きる知恵、とでも言うように友人は感心した口ぶりだ。

隣町にようやく着いたものの、駐車する場所はない。しかし友人は慌てず、打ち合わせ場所まで平然と乗り付けた。すると建物の陰から、ふらりと男が出てきた。友人は男と目を合わせて頷き合うと、

「さあ、行こう」

その場でさっさと車を乗り捨ててしまった。

男は友人の車に乗り込むと、何も告げずに慣れたハンドル捌きで走り去っていった。

「違法駐車といえども路上ごとにきまりごとがあって、それなりに均衡を保っているんだ。それを知らずに割り込みでもしたら、他所者だ狙ってくれ、と言うような

もの。有料駐車場でも、新参者への車上荒らしは日常茶飯事なのでね」

先ほどの男は、私達が知らない現場の事情に通じている。心付けを渡して彼に任せておいたほうが、安全で簡単なのだ。それは、見知らぬ界隈に入っていくときの通行税のようなものなのかもしれなかった。

帰宅してから、まともに何も進まず実にややこしい、と隣町での駐車の一件について私がぼやくと、あんなことくらいで、と友人は意に介さない。

「高校生の頃、初めて手に入れたミニバイクに乗って下町を走り回った。嬉しくてね。細い路地を走り抜け、僕は有頂点だった」

翌朝下りていくと、停めておいたミニバイクの車輪が二つともなかった。

やられた。

玄関門の内側に駐車したうえ、両輪を頑丈な鎖でぐるぐる巻きにしておいたのに。

必死であちこち探し回ったが、見つからない。窃盗団の用意は周到で、鎖だろうが鉄線だろうが切断してしまう鋏《はさみ》を使う、と聞いた。

一日かけて方々に訊いて回ったが結局、車輪は見つからず、目撃者もなく、がっかりして帰宅した。玄関をくぐろうとしたとき、あのう、と少年が声をかけてきた。

「バイクの車輪を探していらっしゃる、と聞いたのですが」

見知らぬ顔だった。少年の父親が盗難の話を漏れ聞いて、自分を遣いにやったのだ、と言った。少年に連れられて、友人は下町へ行った。前日に彼がミニバイクで風を切って走り回った一帯だった。路地奥に小さな穴蔵のような倉庫のシャッターが開いていて、中にいた中年の男が、わざわざすみませんね、と出てきた。

「新車の両車輪とも盗まれた、とか。私は、趣味と実益を兼ねて、空き時間にこうして修理をして家計の足しにしてるんですけどね」

男はそう言いながら、奥のほうから真新しい車輪を一つ持ってきて友人に見せ、

「なに、今朝ね、『買ってくれないか』とこれが持ち込まれましてね」

と、にやりとした。盗まれたミニバイクと同じタイプの車輪だった。

「正確には、盗まれた僕の車輪そのものだったんだ」

中年男は、滅多にない偶然を喜んでみせ、お買いになりますよね？　と、低いが有無を言わさぬ調子で畳《たた》みかけた。

車輪を二個だけ盗む手間をかけるなら、なぜバイクごと持っていかなかったのか。友人がふと感じていた疑問は、笑っていない中年男の目と押さえ込むような口調で一度に解けた。

「もちろん僕はその車輪を〈破格の値段〉で男から分けてもらい、翌日また持ち込

みがあったと連絡を受けて残りの一輪も買い上げた、というわけさ」

それからしばらくのあいだ、友人はときどき下町まで走り下りていってはその倉庫を訪れ、中年男に油を差してもらったりボルト交換を頼んだりした。油が切れていなくても、部品交換の必要がなくても。

それ以降はそのミニバイクに乗っている限り、下町で駐車するときに鎖で繋ぐ必要はなかったし、乗り心地はいつも上々だった。

危険なのか、安全なのか。すべて相対的なのだ。

ナポリと隣町の往復を繰り返して、友人はその夏を終えた。

いよいよ設計図面を関係当局へ提出する日が来て、友人はスーツにネクタイ、下ろしたての靴で出かけていった。

コンペに応募する準備期間も含めれば、ここまで辿り着くのに足掛け三年の道だった。それでもナポリでは異例の早さ、と周囲は彼の努力と実力を讃《たた》えた。祝杯を上げよう、と皆が揃って友人の帰宅を待ちわびていたのに、夕食時を過ぎても彼は戻ってこなかった。集まっていた人達がいったん解散し、病院か警察に問い合わせてみようか、と家族が立ち上がりかけた深夜に友人は戻ってきた。

血の気の引いた顔で、

「図面は提出されました」

低く言うと、口元を大きく歪めて立ったまま泣き出した。

「朝、会合場所に着くと、苦労して仕上げた都市計画の最終図面が会議室の大きな円卓の上に広げてあった。ようやくの終点と出発点を前に、僕は感無量だった」

友人は、暗い顔で訥々《とつとつ》と説明した。

「そこへ、これまで打ち合わせを重ねてきた面子《メンツ》とは異なる、見知らぬ人達が入ってきた。どの人も、ひと目で上等とわかるスーツ姿でね」

名前を呼ばれて、友人はその数名の前に出た。

温厚そうな年配者が図面を見ながら、

「今日まで長い間ご苦労だった。よい仕事をしてくれた。礼を言おう。ただし図面に署名をするのは彼だということは、承知しているだろうね」

静かに話す初老の男の目は、笑っていなかった。

よく見ると、自分の引いた図面には知らない名前が記されている。初老の男の横に、自分よりも若い男が同じ目をして立っている。

そのあと友人は、さまざまな書類にサインをするように言われた。

曰く、

〈一身上の都合により本計画の責任者であることを辞退し、下記の者に全権を譲渡します〉

曰く、

〈一切の報酬を受け取らないことを承諾します〉

等々。

逆らうと、自分ばかりか家族の将来も消えてなくなるのだろう。

三年余りの労苦と栄誉は、仕上がった途端に横取りされてしまった。コンペ優勝も、最初から仕組まれた罠《わな》だったのかもしれない。あるいは、友人の父親の力が足りなかった、のかもしれない。

隣町で会った見知らぬ男。

暗い路地。

倉庫の奥にうず高く積み上げられた部品。

笑わない目。

鳴り響くクラクション。

窓に翻る白い布。

波乗りのように車線を走り分けてみせた車。

横取りされた手柄。

僕に任せて。ノープロブレム。

ナポリの無数の破片は、私の胸のうちに棘《とげ》のように刺さったまま今でも残っている。朗らかで、洗練され、美味で、心地よいイタリアに出会い陶然とするときも、私は必ずその棘に触れてみる。

〈ナポリなんて、イタリアの場末じゃないの〉

高飛車に諭した人の言葉を思い出す。

何も知らない時点でナポリに行けてよかった。

棘があるから美しい、という花もある。

南部訛りを知らなければ、イタリアの行間の味わいはわからなかっただろう。

輝く貴石も表面が滑らか過ぎると、うっかり手を滑らせて落としてしまうかもしれないのだ。

日本に戻ってみると、すべてが規則どおりに動き滞ることがない。

濃紺のスーツに、黒の小ぶりのショルダーバッグ。高過ぎないヒール。白いブラウスにはプレスを利かせて。髪の毛の長さは肩すれすれか、長めをポニーテールに。薄い仕上がりの化粧。はい。そうですね。丁寧に。騒がず。いつも笑顔。どうか皆と同じように。

同級生達は早々に就職先を決めていった。教師になる者もいれば、会社員になる人もいた。イタリア語を必要とされる勤め先ではなくても、

「大学は大学。社会人になるということは、また別でしょ」

と、誰も気にする様子はなかった。

イタリアと無関係の生活へ入ることは、まるで旧友を置き去りにするような気がした。

安閑とした暮らしか、毎瞬が車線変更のような波瀾万丈か。

私は後者を、ひと筋縄ではいかない旧友との道行きのほうを選んだ。

仕事はなかった。

当時日本で知られていたイタリアは限られていて、百貨店での物産展だったり、

ときどき公開されるネオレアリズモ映画だったりした。ヨーロッパの主流といえば、フランスかイギリス、ドイツであり、イタリアは少し離れたところを行く傍流という感じだった。

就職活動に乗り遅れた私は、学生課でアルバイトの募集を見つけては面談に出かけた。競合相手はいなかった。皆すでに就職を決めて、卒業旅行に発ったり里帰りをしたりしていたからだ。

イタリアの誇るファッションや建築といった分野では、学生レベルのイタリア語など端《はな》から当てにはされていなかった。商談はタフだ。すべて英語。イタリア語での募集は少なかった。ナポリ訛りなど、何のアピールにもならなかった。

ある日、珍しくイタリア語指定で日本観光ガイドのアルバイト募集があった。

「ベテランの主任通訳がいるから、その荷物持ちのつもりで来てもらいたい」

張り切って出かけていった私に、面接担当官は私のイタリア語の知識など気にかけることもなく早々に採用を決めて、そう告げた。

イタリアからの団体客を連れて日本の名所旧跡を回るという。

来日したのが二十人だったか、三十人いたのか。もうよく覚えていない。イタリア人が三人集まると、日本人十数人分の賑わいである。ごく単純なことがイタリア人にかかるとみるみる複雑になり、問題に発展すると皆、揃って生き生きとした。団体で行動できない彼らは、頭からまとめていると脇から一人漏れ、また二人抜けていく。四方八方へ好き勝手に散らばる羊達を、走り回っては群れへと追い込むシープドッグになった気分だった。分刻みの予定は遅れ、変更を繰り返した。何度も旅程は崩壊しそうになったが、寸前には見事に帳尻が合うのだった。

「心配することはなかったでしょう?」

わざと事態をややこしくさせて日本側が慌てふためくのを面白がっているのではないか、と思うほどだった。

一週間のツアーは、あっという間に終わった。彼らと別れたあと、私が訪れたのは日本の名所ではなく、移動中のバスで交わした雑談の中のさまざまなイタリアだった、と気が付いた。

〈楽しい旅行でした。ありがとう。もしイタリアに来ることがあれば、ぜひ連絡をください〉

しばらくして、グループの一人から礼状を受け取った。

ナダ。ナポリ近郊に住む、五十代後半の女性だった。私のイタリア語に強いナポ

リのアクセントがあるのを聞き付けて、

「こんな極東で、わが故郷に会うなんて！」

彼女はひどく喜び、現場に慣れない私を何かと助けてくれた。

旅程の中ほどになると客も疲れ、慣れて甘えも出るのだろう。いい大人が些細なことでよく揉めた。

「謝りなさいよ、それで天はお許しくださるのだから」

ナダが野太い声で仲裁に入ると、諍《いさか》い中の二人はバツの悪そうな顔ですぐに黙り込むのだった。もしそこでミラノ式に早口の硬い口調で頭ごなしに叱責されたら、大こうはいかなかっただろう。彼女がなだめると、たちまち尖った角も丸くなり、大きな温かさがその場に広がった。窮地に追い詰めず、問題を笑い飛ばす。そういう緩さがナポリ訛りにはあり、彼女はその効果を巧みに使った。

ナダは南部の人には珍しく上背があって、白髪交じりの金髪を短く切り揃え、堂々とした雰囲気だった。おっとりしているが言うべきことははっきり言い、一方で日本庭園を見て涙ぐんだりもした。

彼女がガイドに発する質問はいつもほどほどに高尚で、しかし卑近なことも取り交ぜて尋ねたりして、皆の頭の中を的確に取りまとめているようなところがあった。

それで旅行が始まって早々から、他の客達は敬意半分からかい半分で彼女のことを〈コロンネッロ《大佐》〉と呼ぶようになっていた。

他は皆、二人連れだったが、ナダは一人で旅行に参加していた。「未婚のままこの年になったの」と、あれこれ憶測される前に自分からあけすけに話した。もはや妙齢でもなく、そして艶《あで》やかな熟年でもない女性に対してイタリア男性は冷ややかで、同性は同情しないものだ。

そういうわけで、食事の席を決めるとき、〈大佐〉はしばしば一人だけ取り残された。最年少で下足番のようなものだった私は、おかげでナダと食事を共にする機会を得た。端のテーブルに着いて、私はナダからいろいろな話を聞いた。声が野太くて辛抱強く説明が上手なのは、彼女が小学校の教師だからなのだと知った。

「三十年も教えていると、学校の外でも教師臭さが抜けなくって、つい」

教え諭すような口調になってはいくつもの恋を逃してきたのだ、と苦笑いした。

でも、訛りを面白がるほかは、ナダは私に何一つ注意などしなかった。言葉遣いの間違いも多かっただろうに、私が話すのをニコニコ頷きながら最後まで聞いては、一つずつ丁寧に返してくれるのだった。慣れないアルバイトの緊張をすっかり忘れて、のびのびした。私はナダとの食事が楽しみでならず、彼女がまたあぶれてくれないだろうか、と心の中で謝りながら食卓の席割りを心待ちにした。

礼状の大きくわかりやすい筆跡を見て、ナダはよい先生なのだ、と改めて感じ入った。


旅行のあと連絡を取り合ったのは季節の挨拶くらいで、クリスマスや復活祭をいくつか経てしまうとそれもおざなりの儀礼のやりとりになっていた。ともに旅した一週間は強烈な印象だったが、あれは非日常の出来事だったからだろう。ナダからの礼状も、そういう陽炎《かげろう》のような思い出をアルバムの奥へと仕舞い込むようなものだったかもしれない。


〈バスでいっしょに旅行をしたでしょう？　まだ覚えている？〉

礼状を受け取ってから何年か経ってイタリアに出かけた私は、思いきってナダに電話をしてみた。

「もちろんよ！　すぐに遊びにいらっしゃい」

ナダは懐かしい野太い声で返した。昔の教え子に対するような口調で誘われ、私は思わず〈はい先生〉と応えて、二人で大笑いした。

ナポリから地方線ですぐ、とナダから教えられて、中央駅から鈍行に乗ることにした。できるだけたくさんの駅に停まり、車窓から懐かしいナポリを一片ずつ再訪したかったからだ。

変わらず駅構内はざわつき、汚れ、大時計や掲示板は壊れたままだった。乗り込んだ電車は廃車寸前のようなオンボロぶりで、座るのも躊躇するほどだった。

電車は住宅街の中を抜け、海を掠めるように走っていく。バネも座面もすり切れた椅子から、振動が荒々しく伝わってくる。車両は派手に軋む音を立てて、右へ左へと傾きながら大きな湾岸のカーブをなぞっている。

何も変わっていない。

揺られながら、友人と車で出かけたあの朝のことを思い出す。友人の無念な様子が、再び目に浮かぶ。奥深くに沈めたままだった記憶が、一つずつ浮き上がってくる。

窓の外が封印していたあの景色に変わったとき、私は電車から降りた。

ナダの住む町は、まさにあの隣町なのだった。

上りと下りのホームが向き合うだけの、小さな駅だった。殺風景で、駅だというのに出迎えの人の気配もない。降りた人達は一様に、何の用だ、と刺すような目付きで私を見ながらホームを歩いていく。それはあの朝、車を託した男と同じ目だった。

　そう気付いた途端、

〈署名をするのは彼だということは、承知しているだろうね〉

〈なに今朝ね、『買ってくれないか』とこれが持ち込まれましてね〉

次々と暗い声が耳の底に湧き出てくる。

鄙びた駅への感傷的な旅情は一瞬で凍りついた。小舟で海に漂うようなあの不安が瞬く間に押し寄せて、足が竦む。

「おかえり」

　ホームの真ん中でナダは子を迎える母親のようにナポリ訛りで声をかけると、両手で私を包み込んだ。

　もう何年も乗っているのだろう。駅前に停めてあったナダの赤いフィアットにはあちこちに引っ掻き傷があり、サイドミラーはひび割れて今にも落ちそうになっている。乗り込んでからエンジンをかけるまでが、ひと苦労だった。防犯用の警報を解き、ハンドルに何重にも巻き付けられた腕ほどの太さの鎖を外し、ペダルを固定していた鉄の棒を取り除かなければならなかったからだ。

バックミラーには、あのとき日光で買った交通安全の御守り、教会の名前が刻まれた鈴といっしょに、「魔除けに効くのよ」とプラスチック製の大きな赤い唐辛子、銀色のロザリオに十字架が掛けられ、サンバイザーのポケットには聖人が描かれた紙片が挟んである。ギアチェンジのたびにジャラジャラと左右に揺れる聖なるものといっしょに、町を走った。

延々と走るのになかなか着かないのは、道があちこちで分断されているせいだった。一方通行の標識があるのに、ナダはぐいとアクセルを踏み込んで一気に走り抜けてしまう。規則通りの方向で向こう側から進入しようとしていた車は、歩道に半分車体を乗り上げてナダの車に道を譲っている。

信号が赤であろうが青であろうが、彼女は止まらずに行く。横断歩道に人影がないのを見ると、赤なのにさらに速度を上げて抜ける。

「誰もいないのに止まっていると、後続車に激突されるのよ」

横断歩道のない大通りのど真ん中を、老女が一人でゆっくり歩いている。

「目が百個要るわね」

速度を落として老女が渡り終えるのを見届けると、また走り出すのだった。

あまりに大胆な運転に呆れ、先生なのに、と咎めると、

「一刻も早くこの地区から抜け出さないと、ああいう目に遭うかもしれないからね」

飛ばしながら、右側を指差して言った。

角のその建物は、爆撃でも受けたかのように一部を残し崩れている。

「ガス爆発というけれど、本当に不慮の事故なのかどうかは怪しいものよ」

家に着くまで、あれは五年前のガス漏れ、こちらは一昨年の漏電、左に曲がったところは大雨に滑ったトラックが突っ込んだところ、と教えてくれた。

走行の障害になるのは、崩れかけの建物ばかりではなかった。裏も表も、道の両脇には二メートル以上の高さでゴミ袋が積み上げられていた。幅狭の通りを行くとき、ナダは速度を落として用心深く走った。車で触れてゴミが崩れてきたら、埋もれてしまうからだ。

「もう一年以上も来ないのよ、ゴミ回収業者が」

歩道にも車道にもゴミが侵食し、乳母車を押す母親はタオルで顔半分を押さえながらやむなく車道の真ん中を歩いている。そうでもしなければ、町はいつもどこか

らか崩れていて、後へも先へも進めなくなるからなのだった。乳母車の両側に、白い布が結わえ付けてあるのが見えた。

彼女の家は、海からほど近い新興住宅街にあった。駅周辺の喧噪が嘘のように、特色のない風景がぼんやり広がっている。目に付く店はなく、同じような箱形の建物が並んでいる。それでも区画ごとにそこそこの庭があり、平穏な印象だ。

ナダと同じ声と笑顔の老女が二人、出迎えてくれた。かなり年上なのだろう。背の丸くなった姉二人は、嬉しそうに私を奥へ通してくれる。

整然と片付いた居間には、モノクロの写真の中で三姉妹の両親が笑っている。貧相ではないけれど豪華な家具も装飾もない居間で、あれこれと話し込んでいるうちにすっかり夜が更けた。窓の外には、薄暗く光を放つ外灯がぽつんぽつんとあるだけだ。昼間、安閑としていた街並は今や一変し、不気味な静けさに沈んでいる。

「ちょっといらっしゃい」

ナダに呼ばれて寝室に行くと、彼女は枕元の小机の引き出しをそっと開いて見せた。

すぐ手前に小さな拳銃があった。

「両親はいっしょうけんめい働いて、この家を買ったの。昼の顔だけ見て決めて、夜を知らなかった」

幼かった三人の娘は、日が暮れかかると決して外には出してもらえなかった。拳銃を枕元に、三人の娘と妻を守った父親の半生を思う。

「父が決めたことに従っているうちに、とうとう三人ともここから出そびれてしまって」

よかったのか、悪かったのか。

老いた三人姉妹の、ナポリ訛りで冗漫な調子だけれど辛辣な言い分に満ちたやりとりを耳にしながら、

「すべて相対的なのさ」

遠い日、友人が言ったことばを思い出す。

五　フロントガラスの中の光景

辛いのは月曜日だ。特に冬。まだ夜かと勘違いするほど真っ暗な朝、学校や勤め先に出かけていくのは気が重い。火水木。ここまで来れば、あとひと踏ん張り。週末がやってくる。

ミラノの金曜日は短い。市外から通勤する人の中には、金曜日だけ車でやってくる人もいる。仕事が終わるや勤め先を回って妻や恋人を拾い上げ、子どもを迎えに行き、あるいは預けに行って、そのまま週末を過ごしに市外へと直行するからである。金曜日の午後五時過ぎは、早く用事を済ませてミラノから出ようとする車と人で、町全体が浮き立っている。

「お帰りは日曜日ですか？　交通規制で夜八時までは市内には入れませんから、気を付けてくださいよ」

金曜の夕方ご多分に漏れず、記者である友人と連れ立って市外へと出かける途中である。高速道路に乗る直前のガソリンスタンドに寄ると、顔馴染みの店員がそう教えてくれた。

雲が低く垂れ込めるものの雨が降らない日が続くと、ミラノは自分の吐き出す空気で充満する。排気ガス。人熱《ひといき》れ。粉塵。暖房用の重油からの煤煙《ばいえん》……。低地に位置して風抜けが悪く、寒気も排気も溜め込んでしまう。

いよいよ大気汚染の度合いが深刻になると、市内はもちろん州全体に亘《わた》って交通規制が布《し》かれる。車は一切使えない。たいてい市民の日常生活に不都合の少ない日曜日が選ばれる。

昔は〈偶数と奇数の規制〉という条令があり、週中にも頻繁に車両規制が行われていた。大気の汚染具合を睨みながら、

「今日は、ナンバープレートの末尾が偶数の車だけが走行してもよし、明日は奇数」

と、市が決めて排ガス量規制を試みたのである。

ミラノは一人当たりの車の所持数が極めて多い。四人家族で四台、も稀《まれ》ではない。郊外に住み、夫と妻の勤め先が離れていると、それぞれに車が必要だ。親戚や友人

との交流、趣味は各々別ものであり、家の外ではそれぞれの事情に合わせての移動がある。そして息子はバイク、娘は小型車。

「今日は僕の車で、明日は君のだ」

規制が施行されても、夫婦で末尾が偶数奇数にばらけていればツイている。そうでなければ、隠居した親が車庫に入れたまま使っていない車や、近所の車族達とやりくりしたりして結局は車で出ていくので、汚染問題の抜本的な解決策には至らなかった。

そもそも車両規制をする前にまず、市は公共交通機関の整備をするべきだっただろう。

ミラノには、路面電車やバス、地下鉄、近郊の町とを結ぶローカル線もあるものの、本数が少なかったり走行範囲が限られたりしている。二度三度の乗り換えは当然で、乗り継ぎが円滑にいくとは限らない。乗り損なって、二十分待つ。ようやく最寄りの駅に着いても、目的地まではさらに徒歩だ。

氷雨の降る早朝や炎天下の午後。夕食後満腹での帰路。用件が別の地区で入った。嵩張る荷物。幼な子が泣く。くたびれている。ストもある。故障でしょっちゅう止まる……。

そういうときに車があれば、やはり迷わず乗るだろう。

なかなか改善されない大気汚染に、市は新たに、平日の朝から夜まで町の中心地に入れる車両を制限することに決めた。通行料を払わなければ、地区内の住人も業務用車両も入れない。最初のうち皆は、

「これだけ大量の車両を監視できるはずがない」

と、高を括っていた。ところが市は莫大な開発費用をかけて、高性能の監視カメラを設置したのである。わかるわけがない、と甘く見て中央地区への通行料を払わずに通り抜けた車はことごとく見つかり、漏れなく罰金支払い通告書が届いた。払わなければ通さない。関所と同じである。すでに重税に喘《あえ》ぐ市民に、新たに税が加わったようなものだ。大気汚染で健康を害するのは心配だが、自腹を切らされるのは腹立たしい。

自分の町の中を、自分の車で好きに走れないなんて。

鬱憤《うっぷん》が溜まって、週末になるとマイカー族はいっせいに車を駆ってミラノを後にする。

金曜の夕方、高速道路に入ると、ミラノの人達の趣味を一望するようで面白い。他所から見れば、イタリアは色彩の国だろう。特にミラノは、斬新なデザインと色使いの巧みさで知られる。

ところが、どうだ。フロントガラスの中の光景は、くすんでいる。疾走する車は車種を問わず、大方が灰色である。わずかに白か黒、他の色はごく稀だ。冬の悪天候の中、夕刻に後方から灰色の車に追い越されると、影が脇を走り抜けていくようである。空も道路も空気も灰色に沈み、車はモノクロの景色に同化している。

「色付きの車？　そんな田舎臭い」

見かける車がどれも揃って曇天色なのが不思議で、同乗の記者に理由を尋ねた。どんよりした町なのだ。真っ赤やスカイブルー、黄色なら、さぞ映えるだろうに。同じ寒色でありながら、濃紺の車を見かけないのも解せない。

「真っ赤、ねえ。イタリアの男なら、絶対に赤い車は買わないね」

赤や色付きは、もっぱら女性用の車だそうだ。言われてみれば、近所の小学校へ子どもを迎えにやってくる母親達の車は、どれも多彩であるのを思い出す。

「しかも揃って小型車だろう？」

目立つ色の小型車は一家の二台目の車の定番、という。母親は、暗く混雑する町を明るく走る。路上でもスーパーマーケットの駐車場でも、すぐに見つかる。

「ママのカラフルな車には、家族でバカンスを過ごしたサルデーニャ島の旗や〈この車にはベビーが乗っています〉のステッカーが貼ってあるんだよね」

一方、男が乗る車は灰色と決まっている。浮き立ってはならない。渋くなければ粋でない。

男が赤い車に乗るときはフェラーリでなければならない、と思うイタリア男性は多い。

「貴族か桁外れの金持ち、あるいは子どもっぽい成金に多いけれどね」

ちなみに僕なら、と五十過ぎの友人が〈男の車〉として挙げたのは、

「ベントレー一九六五年もので、運転手付きだな。絶対に黒」

だった。

たとえば、町の塗料店に行く。壁一面にさまざまな色調のペンキ缶が並ぶ中、他を圧倒する威厳で〈フェラーリの赤〉と記された缶が目に入る。

家電販売店に行く。真っ赤な掃除機やエスプレッソマシーンにも赤。一角が映える、赤。それはトマトの赤でもなければ、薔薇の赤でもない。

「イタリアの赤」

記者が頷きながら言う。〈フェラーリの赤〉は別格なのだ。

元来〈純血フェラーリ〉と通達が呼ぶのは、黄色に限る。だが、かつて国際レーシングカーレースで参加国が色分けされたときに、イタリアに当てられたのが赤だった。以来、レーシングカーの雄、フェラーリの赤となって現在に至っている。それはまた、イタリアのメカとスピード、デザインの唯一無二の代名詞でもある。

以前イタリアの山奥に住んだときに車を買うことになり、オレンジがかった赤を選ぼうとした。活力の漲る色で、地方ののんびりした風景に映え、特殊な色は盗まれ難いだろうと思ったし、何よりも他の色と比べて格安だったからである。

それまで淡々と売買契約の手続きを進めていた男性販売員は、私が選んだ色を告げると戸惑った顔で、

「その色はちょっと……」

止めた方がいい、と助言した。

「周囲は、車から持ち主の人柄や暮らしぶりまでを推し測ろうとします。何かと人目に付く田舎では、控え目な色がよろしいかと。山奥で見かけた、今日は海辺にい

た、隣村にも停めてあった、と、お客さんが乗っていく先々で目に留められて、あることないこと詮索されてしまいますから」

販売員から、価格を下げるから他の色にするよう強く勧められて、結局茹でた海《え》老《び》色の車の購入を断念したのだった。

平板な色の筆頭である白も、場所によっては不人気である。

ミラノに白が少ないのは、タクシーが白だからだ。雨が多く煤《すす》けた町なので、車体は泥とスモッグですぐに汚れる。白は、黒より汚れが目立ち難い。頻繁に手入れするのが面倒で白い車を選んだ友人は、

「しょっちゅうタクシーと間違えられて、町中で手を挙げられる」

と、煩わしそうだ。

濃紺も〈フェラーリの赤〉同様、他国にはなかなか出すことのできない、イタリア独特の深みと表情がある色味である。

「正統派定番の色で、洋服も濃紺だと品格が上がる。それでイタリアの公用車も濃紺なんだよね」

記者に言われて、イタリアの公式行事や正式な席を思い返す。

大統領、首相、閣僚、官僚、国賓にさまざまな高位の人達。厳しい管制の中、先

頭と最後部を警護の車に挟まれて磨き上げられた濃紺の高級車が走っていく。頂点と権威、憧れと畏《おそ》れ。一線を画した領域。自分とは違う世界……。一応、各メーカーの色見本には濃紺も載ってはいるものの、あえて自家用に選ぶには、何となく気が引ける。

こうして冬の夕刻の高速道路は、沈殿した澱《おり》の濃淡を眺めるようだ。加えてミラノ周辺には、頻繁に霧がかかる。靄《もや》が出て、レースのカーテン越しのような視界だと思っているうちに、たちまち霧へと変わる。

突然、立ち込めた白壁のような濃霧に驚き思わずブレーキを踏みかけた私に、

「踏んじゃだめ！　霧の中、高速道路を走るときの鉄則は、突然の減速をしないこと」

と、助手席の友人に窘《たしな》められた。早速フォグライトを点け、アクセルを踏み込んだまま、右目で前方を、左目で目下の走行車線を確認しながら走る。

どんどん濃くなっていく霧は、ナイフで切り分けられそうだ。目を瞑《つむ》ったまま走るのに等しい。ときおり横風が吹いて霧が流れると、前の車のフォグライトが薄らと浮かび上がる。慌てて目を凝らして車間距離を推し測り、走行中の速度を確認し

て、再び立ちはだかる霧の中を行く。

立ち込めるときと同様、引くのもあっという間である。それまで十数メートルほどだった視界が、突然に開ける。すると前を行く車のテールライトが、一斉に視界に飛び込んでくる。霧が散った夜の路上にいくつもの赤い目がひしめく。

昼間は揃ってくすんだ顔付きだった車は、俄然、生き生きとして見える。テールライトは形も位置も各車各様だ。ついさっきまで濃霧だったので、皆、リアフォグライトも点けている。懐古趣味的な黄色もあれば、冷ややかな青もある。照度も各車各様だ。

「やっぱりイタリアは、後ろ姿だよなあ」

隣席で友人がしみじみと呟く。

かつて男性誌への記事を配信していた頃、夏前になると必ず〈お色気特集〉を組んでいた。イタリアは〈恋愛の国〉なので、特集の常連だった。毎年、手を替え品を替え、イタリア式恋愛術の手練手管を紹介した。

ある夏、日本の編集部が出した特集テーマは、

〈女性のどこに色気を感じるか〉

イタリア全土に散らばる記者達と手分けして、有名無名、老若、職業を問わず、さまざまな男性に取材をかけた。

「瞳」

「声かな」

「風になびく長い髪です」

といった詩的な返答も中にはあったものの、ほぼ全員が異口同音に、

「おしり」

と、即答した。

「〈ヒップ信仰〉と言えば、少し前に起きた女子バレーボールブームを覚えてる？」

助手席の友人が訊く。

かねてからイタリアでは、女子バレーボールはスポーツの中でも抜群に人気が高い。過去にワールドカップやヨーロッパカップで優勝するなどその優れた実績にもよるが、選手達が揃って魅力的なのである。鍛え抜かれた身体には、ファッションモデルとはまた違った肉体の美がある。何人かの選手は、セミヌードでピンナップカレンダーにまでなっている。

もちろん、日本でも熱心なファンが付いた。イタリアチームの試合ごとに、私のところにも写真の配信依頼が来るようになった。現場に派遣したイタリア人カメラマンは人気選手達にアングルを合わせて、決めのアタックやスライディングしてレシーブする様子、トスにブロックと重要な場面を漏らさず押さえて送ってくる。魅力的な表情のアップ。運動選手には珍しい、長い金髪。贅肉《ぜいにく》のない肢体。

日本向け報道にはそれで十分だ。

「こういうのはどう？」

カメラマンは、イタリア向けのカットもついでに見せてくれる。

ずらりと並ぶ、引き締まったヒップ。

スポーツ報道とは別ものでしょう、と偏ったアングルに憤慨する私に、

「媒体からのリクエストだから仕方がない」

と、肩を竦めた。

女子バレーボールのユニフォームのショーツはヒップラインがいっそう美しく見えるようにデザインされている、とも教えられて、重ね重ね驚いたのだった。

「後ろ姿が肝心なのは、人間だけではないのでね」

車線を変えるたびに、左右に舞うテールライトを眺めながら友人は言う。円形だったり縦長の長方形だったり、バックドアガラスの両端が直線に光ったり、上部と下部に分かれて点灯したり、と多様だ。ネオン街さながらの華やかさである。

ミラノから平野部を通り、ピエモンテ州との境の山間《やまあい》を抜け、リグリア州に向かって南西へ走っている。

道路が正面の海に向かって飛び込むような、T字の分岐点に出る。東にジェノヴァを残し、海沿いに西へ曲がる。先はフランスとの国境だ。そこから南仏までずっと山が海まで迫り、平地部分はごく幅狭い地形が続く。小さな岬と入り江が交互に連なり、襞のようだ。

港や住居の灯りが沿岸をなぞって煌《きら》めいている。重なり合う光の筋が、クリスマスのイルミネーションのようで美しい。

高速道路は、凹凸に富んだ海岸線をはるか遠方に見下ろす山頂近くを一直線に貫いている。

突然、背後から地響きのような低い音が聞こえてきたかと思うと、次の瞬間、光がビュッと前方へ飛んでいった。そのあとをエンジン音が追いかけていく。

「次が来るぞ」

友人が言い終わらないうちに、ビューンと二つ目の光が飛んでいく。フェラーリ。

低い車体は、路面すれすれを飛行しているかのようだ。二台が残していった疾風に、私の車はびくりと窓を震わせてよろけた。

国境へと続くこの区間には鄙びた町が多く、都会ジェノヴァとの分岐点を境に交通量が激減する。さらにトラックは、土曜日と日曜日、高速道路の走行を禁じられている。それで金曜の夜半には、週末までに道程をこなせなかった大型車が高速道路の休憩所で停まって月曜日を待つ。道路はがら空きになる。

そこへ、風を立ててフェラーリが現れる。

季節外れの昼下がりにも、この区間を疾走するフェラーリやハーレーダビッドソンに出会うことがある。輝く海面を横に、山から山へ跳びわたるような豪快な景色と、直進したかと思うと数百メートル続く雄大なカーブを繰り返す道を走るのが爽快なのだろう。音と震え、風が要なのだ。町中を低速で走っていては、フェラーリではない。

ミラノに居を構えて間もない頃、

「ある男に会いに行かないか」

と、カメラマンから誘われた。イタリアとの国境近くのスイスの町に住む実業家だという。もともとエンジニアで、若い頃どこか他所で小さな工場を興し自分が考案した製品で特許を取得した。それを機に工場を畳んでしまう。小規模の工場で物作りを続けるより、特許を売却して稼ぎを得るほうが効率がよかったからである。

わざわざ取材するようなニュース素材ではない。乗り気でない私を、行けばわかる、とカメラマンは引っ張っていった。

コモ湖を越え、山間で脇道に入った。どこにでもあるような山道沿いに、その人の家はあった。地味な門構えの家から出てきたのは、立身出世の実業家という印象には遠い、どちらかというと冴えない六十絡みの小柄な男性だった。スイス圏なのに意外にも南部訛りが強く残るイタリア語で挨拶すると、家の中には通さずに、

「行きましょうか」

と、私達の車を出すように言った。言われるままに山道を引き続き走り二つほど峰を越えたあたりで、車を停めて待っているように言われた。彼は車から降りると、何も言わずに早足で山の中へと入っていってしまった。

「ガセネタだったのかなあ」

カメラマンは首を傾《かし》げて、男が入っていった山を見ている。

しばらくしてかなり後方の道端でその男が立ち、〈こちらに来て〉と手招きした。そろそろと車で戻ると、深い木々に紛れるように建物が見えた。男は用心深くあたりを見回して人や車が来ないのを確認すると、手に持ったリモコンに何桁もの数字をすばやく打ち込んだ。ガシャリと重い音を立てて玄関扉が解錠された。頑丈な鋼鉄製で、扉は二重になっている。彼はさらに暗証ダイヤルを右左右と回して二つ目の扉を開け、奥へ私達を招き入れると即座に扉を閉めた。

男の別宅かと思ったそこは、巨大な金庫だった。窓もなければ、落ち着いて腰掛けられるような椅子もない。机も棚もない。床も天井も壁も、見渡す限り鋼板で覆われている。かつてミラノの民間銀行本店で見た、地下の貸金庫室を思い出す。

ここは、秘密の金融機関なのだろうか。特許で儲けた財で、個人銀行でも始めたのかもしれない。

彼は黙ったまま鋼鉄の壁に向かって再びリモコンを押した。静かに壁の一部が開いて、大きなガラス窓が現れた。

窓いっぱいに花が溢れて見える。そう思った色とりどりは、赤と黄色のフェラーりだった。カメラマンは撮影を忘れて、窓の中の光景に唸《うな》っている。

「二十台ほど所有しています」

背を伸ばすようにして、小柄なスイス在住イタリア南部出身の男は言った。

彼の特許は、スクリュータイプの部品だった。これは車のメカにもさまざまな機械にも、日用品にも転用できるはずだ、とある日、気付く。

「考案した部品そのものより、そう気付いて潔く売却したことの方が、私にとって〈特許〉でした」

ビジネスの生え抜き達がつば競り合いする北部での成功。南部出身の彼はどれほど誇らしかっただろう。

自分への褒美はフェラーリだった。

一台ずつがスポットライトを浴びて、彼のために輝いている。

フェラーリ社創設の地モデナの一帯は、イタリアはもちろん、ヨーロッパの中でも裕福な地域として知られる。半島最長のポー川とアドリア海を域内に持ち、水陸の便に恵まれた地の利を持つ広大で肥沃《ひよく》なポー平原では古くから農業が発達し、欧州の胃袋を満たしてきた。環境と食べ物に恵まれたところには人が集まる。活発な経済活動のもとに文化や産業が発達し、豊かな都市が形成されてきた。この地に世界最初の大学が創立し、世界一速くて優雅なフェラーリが生まれたのは偶然ではない。イタリアの誇る叡智《えいち》が一堂に会する地域なのである。

「機械関係ですが、だいじょうぶですか?」

大学の学生課の貼り紙を見てバイトの募集先を訪ねた私に、担当者が不安げに訊いた。十九歳の初夏のことである。

大学に入ったばかりで、イタリア語を勉強し始めてから二ヵ月余りしか経っていなかった。バイトの内容は、イタリアから来る技師の通訳である。

もちろん、と私は答えて、採用された。

しかし実際には、機械関係の専門用語はもちろん、身の回りのものですら、まだイタリア語で言えない程度だった。動詞を少々。挨拶を少々。数は言える。好きと嫌い、〈はい〉と〈いいえ〉もだいじょうぶ。

何としても現場に出たかった。若さゆえの無謀と強気で、何とかなるような気がした。

集合場所は羽田空港だった。

「北海道の農地で刈り入れ機の試験運転をします」

バイト先である輸入会社の担当者はそう告げて、膝下までのゴム長靴と帽子、サングラスに軍手を持参するように言い、

「汚れてもいい服で来てください」

と、締め括った。

イタリアの機械メーカーは、モデナからほど近いところにある、ごく小規模の会社だった。この北海道での試験運転が成功すれば、日本とは初めての取引になるという。農業機械の国際見本市で、日本の輸入会社の担当者が見つけてきたらしい。小規模ではあったが、刈り入れ機の業界では以前からよく知られた存在だそうだ。いくつか特許も取得していて、アメリカや日本の大メーカーが類似の製品を作ろうと試みるのだが、このイタリアの小さなメーカーの製品には敵わない。

「決まれば、双方にとって朗報です」

輸入会社の担当者が言った。

イタリア側の期待は言うまでもない。社長自らがエンジニア当人を伴って来日するらしい。会社は、この他に工員二人、経理一人の計五人でやりくりしているのだという。事の重大さを知り、家に帰った私は〈刈り入れ機〉を辞書で引き、百科事

典でさまざまな農機具の図版を見て、天を仰いだ。

北海道。集まった中で、女性は私一人だった。

大地の真ん中にいる。農地なら関東にもあるのになぜわざわざ北海道まで、と思っていたが、現地に着いて意味がわかった。農地は目の届く限り続いている。ここなら一直線にどこまでも走っていける。小規模の農地では、試験運転で機械を少し動かしたらすぐに端に着きUターンしてまた戻る、という繰り返しになっただろう。

イタリアの社長はただ一人、生地と仕立ての良さがひと目でわかるスーツにベージュの薄手のコート姿である。銀髪に黒いサングラス。場違いな装いのようでいて、北海道に北イタリアの粋が降り立ったような印象で、違和感はない。一方イタリア人エンジニアは、三十代半ばの堂々とした体軀《たいく》にジーンズと綿のジャンパー姿だ。それに日に灼けて精悍《せいかん》な、地元農家の主である五十代とその息子。痩せて色白の顔を黄色のヘルメットから覗かせ、ネクタイと背広の上から作業ジャンパーを重ね着、という揃いの恰好をした日本の輸入会社の中堅と若手社員の二名。男達は刈り入れ機をぐるりと囲んで、黙って立っている。

黒々とした土の上で機械は出番を待っている。柔らかな曲線の機体は、作業機械というよりもオブジェのようだ。底光りする塗装が施されていて、しっとりと艶《なまめ》かしい。

日本勢は美しい外見に感嘆し、刈り入れ機にそうっと触れている。見渡す限りの青々としたトウモロコシ。何千何万本が空に向かって伸びている光景は、畑を超えて密林である。二メートル近い高さのてっぺんに、金色の穂をなびかせている。ここでは実ではなく茎ごと青刈りして、牛などの飼料に使うのである。

イタリアの二人が勢いのよいトウモロコシの葉や茎をじっと観ていると、

「こういう奴です」

農家の主が小ぶりの鎌でそばの一本をザクリと切って渡した。

エンジニアは丹念に茎の切り口を観て、オーケー、と安堵と自信に満ちた笑顔を社長に向けた。

通訳の出番など、ない。

北海道のトウモロコシとモデナの機械が直に話をしている。

「それでは始めます」

輸入会社の社員に促されて、エンジニアといっしょに私も刈り入れ機に乗り込んだ。

それは、たいした経験だった。

トウモロコシの屈強な茎の下方に、刈り入れ機が腕をすばやく滑り込ませる。茎をなぎ倒しながら機械は力強く進んでいく。あれよあれよという間に長い茎は機械に刈り込まれ、続いて鋭利な刃先で数センチの長さにザクザク切り揃えられていく。短く切られた茎はすぐに太い管に吸い込まれ、機械の後部へ向かって突き出ている管の先から勢いよく上方へ噴き出される。噴き出される先に農家の息子がトラックを伴走して、見事に拾い受けていく。刈り入れ機が通ったあとは、トウモロコシの切り株が同じ高さで整然と並んでいる。

なぎ倒しては切り、切っては吸い込み、吸っては噴き出す。

たった一台で密林を突き進み、次々と糧をものにしていく。

エンジニアはひと言も発しない。前方のトウモロコシと足元の刃先、横に付いて走るトラックを厳しい目で確認している。

社長とスタート地点に残った輸入会社の社員二人が、後方で高い声を上げて何か叫んでいる。

〈何だって？〉

大きなエンジン音の中でエンジニアが私にそういう目を向け、

〈さあ〉

私は肩を竦めて返した。未熟なイタリア語はもちろん、目の前の圧巻の光景に気を呑まれて日本語ですら言葉が出てこない。よもや言えたとしても、騒音で聞こえなかっただろう。

トラックの荷台がいっぱいになったところで、試験運転は終了した。農家の主は同じ長さに切り揃えられたトウモロコシの茎の断面を見て大きく何度も頷き、社長とエンジニアにがっしりとした手を差し出した。拍手。肩を抱く。男性達は皆ご機嫌である。質問も感想も口にする人はいない。

大役を果たして、機械は青汁と土埃に塗《まみ》れている。エンジニアはモデナから持参した工具箱にあった布を取り出し、刈り入れ機の汚れを丁寧に拭った。父親が濡れた子どもの身体を優しく拭いてやるようだった。

艶《つや》やかな照りの戻った刈り入れ機に、農家の父子も輸入会社の社員も賞讃の眼差しを向けている。

「ビューティフル！」

思わず誰かが堪え兼ねたように言うと、

「〈フェラーリの赤〉ですから」

すかさず社長が嬉しそうに答えた。

刈り入れ機は真っ赤に塗装してあった。同郷の鋭、イタリアの誇りの赤なのだった。

以来イタリアの国旗を目にするたびに、私はトウモロコシの緑と刈り入れ機の赤を思い出す。

華やかな〈メイド・イン・イタリー〉ブランド商品を生み出すのがミラノのセンスなら、その斬新な着想を具体化させるのが地方都市モデナなどで考案される工作機械なのだ。

さてイタリアの製造業の過半数は、ごく少人数から成る零細企業である。成功した自営業者が人を雇い入れ事業規模を大きくしても、重税と人事の苦労が待っているだけである。家族経営の小規模で留まる会社が多いのは、そもそも他人を信用しないイタリア人の気質と、稼ぎの増加を見逃さない税務署の目があるからだ。

よって、イタリア半島には人の数だけ会社がある、と言っても過言ではない。その個性的な発想と素早い臨機応変さは、規模の大きな企業が優勢の他国には簡単に真似できないものが多い。

「ただ、小さいので、見つけ出すのがひと苦労です。各地の業界新聞や商工会議所などの評判を頼りに会社訪問をし、当たりを付けて引いてくるのです」

件の刈り込み機の商談をまとめた輸入会社の社員は、この国の摑みどころをどんなイタリア専門家よりもよくわかっていた。

イタリアの強みは、組織ではなく個にある。

担当者は出張でドイツやイギリスの見本市に出かけると必ず、北イタリアの工作機械メーカーを丹念に調べて回った。

トウモロコシの青刈りから半年ほどして、私はその輸入会社から再びバイトの依頼を受けた。刈り入れ機の試運転は、業界慣れしている担当者にとっても強烈な体験だったらしい。北海道の大地をフェラーリの赤が突進していく場面は、何カ月経って思い返しても心躍るものだった。同じ景色と感動を共有して、私達には仲間意識が生まれていた。イタリアの花形産業であるファッションやデザインではない農業という専門分野で、知られざるイタリアを日本に紹介する、という使命感がともにあった。

私はもちろん大喜びでバイトを引き受けた。

「今度はマカロニです」

電話口で担当者が張り切って告げた。仕事の現場は新潟だという。今回白羽の矢が立ったイタリアの機械は、やはり北部のボローニャ近郊にある小さな会社の製品だった。

駅から乗り込んだバンの車窓には、晩秋の田園風景が広がっている。枯れた色の耕地の上には、今にも雪が降り出しそうな空が広がっている。日本屈指の米作地帯である。

農閑期だというのに、今度は何を刈り入れるのだろう。

乾いた水田地帯をしばらく車で走り続けて、ようやく着いた。町から離れて、工場がぽつねんと建っている。かなりの敷地面積だが、重工業の工場のような水蒸気も煙も出ていない。高い屋根を見上げていると、工場の一角へ招き入れられた。入った途端、消毒液の匂いと芳ばしい香りに包まれる。

「これを着用してください」

頭巾にマスク姿の工員から、首元の詰まった白い作業衣にビニール製の靴カバーと手袋を渡される。着用の前後に突風の吹く殺菌用の通路をくぐり抜け、消毒液で手を拭った。

無菌室のような青白い廊下の突き当たりにある鉄のドアを開けると、大きなうねり音が押し寄せてきた。

ガシャンガシャン、ギィ、グーン。

さまざまな機械音が、同じ速度で鳴り響いている。轟音《ごうおん》を熱気がとり巻いている。米を原材料にした食品工場と聞いたが、いったいイタリアの機械がどういう役に立つのだろう。

工場内を見渡せる高さに、点検用に回廊が設置してある。そこから工場長が示した階下に、巨大なステンレス製の筒が見えた。長さ十メートル以上はある筒は、飛行機か宇宙船の空気筒のようだ。空気を送り込むと工場ごと離陸しそうなほど、大掛かりな装置に見える。

エンジニアは階下へ下りていき筒と周辺機器を丹念に確認してから、

〈オーケー〉

と、回廊の皆に向かって大きな身振りで合図した。

すると二人一組でケースを持った作業衣の人達が現れて、巨大な筒の下方に設置されたベルトコンベアーにきびきびと機械を接続し始めた。白衣姿は丸く小柄で、作業する手先は優しげだ。

「ここの工員は全員女性なのですよ」

工場長がそう言い、壁のそばに立つ人に指示を出した。

ジリジリジリ。

大きな音で始業ベルが鳴り、試験運転が始まった。

ベルトコンベアーで運ばれてきたものが、ゴーッという音を立てて勢いよく筒の中へ吸い込まれていく。風が吹き荒れるような音が続き、ふうと大きく溜め息を吐くような音がしたかと思うと、十数メートル先の筒の口から次々と小さな白い塊が出てくるのが見えた。

「おお出てきた、出てきた！」

それは、餅米をついて練り小片に型抜きしたものだった。焼いたり揚げたりして味を付けると、おかきとなる。

「北部イタリアの機械メーカーを訪ねて回っていたときに、このパスタ乾燥機を目にしましてね。小麦粉から練り上げたばかりの生マカロニを右から入れると、左から乾燥して出てくる。〈これは！〉と、思い付いたのです」

帰国すると早速、輸入会社の社員は、パスタとおかきの半乾きの状態の重さと大きさ、水分の含有量を計り比べてみた。

〈よく似ている！〉

この地では農閑期になると、男性の中には東京や大阪に季節労働者として出稼ぎに行く者も多い。残った女性達が米菓を作って冬場を凌ぐ。古米や古々米の重要な活用法でもある。

昔ならともかく、練りたての米菓を乾かすために天日干し、というわけにはいかない。短時間で乾かせれば、カビなどの劣化を防げるうえ大量製造もできる。

〈イタリアのパスタは、日本の米に手を貸してくれるだろうか〉

輸入会社は刈り入れ機のときと同様、試験用にまず一機だけ輸入することにした。一機とはいえ、今回は大掛かりな工場機械である。輸入会社の社運を賭けての先行投資だった。

イタリアのパスタメーカーは、消費者を飽きさせないために多様なショートパスタを次々と出す。中には、自動車のデザイナーが設計した複雑な形状のものまである。焼き皿に並べて上下左右から熱を当てる従来の方法では、陰になって乾き切らない部分も出てくる。そこでエンジニアは、大筒の中に温風を流しパスタを舞わせて乾かすことを思い付いたのだった。

「風に吹かれて踊り、軽やかに着地したら出来上がり。超高温で乾かしたりすれば、たとえ短時間でもパスタは苦しい思いをするでしょう？」

割れも崩れもせずにカラリと筒から出てきた餅米を手に載せ、優しく笑ってエンジニアはそう言った。


私は、大学のイタリア文学や思想史、言語学などの授業には欠かさず出席していたはずだが、何を学んだのかほとんど記憶に残っていない。

鮮明に思い出すのはもっぱら北部の小さな町の機械メーカーのエンジニア達の無言の〈ＯＫ〉であり、「〈フェラーリの赤〉ですから」と言った社長の誇り高い笑顔である。


「個々の瞬発力と臨機応変さが、組織全体の機動力へと結び付かないところがまた、よくも悪くもイタリアの特色なんだろうなあ」

自嘲と自慢半々で、助手席の友人は笑う。

優れた玉が揃っていても、好き勝手に転がると収拾が付かない。ぶつかり合うと思いもよらない方向に弾け飛び、集め戻そうと後を追ううちに玉もこちらも力尽きてしまう。

もし集大成することがあればすばらしいモザイク模様となるに違いない欠片が、

あちこちに散らばっている。ばらまいたまま誰も集めようとしないのが、イタリアのように思う。

無理矢理集めて固定した途端、一つ一つの煌めきは失せてしまうのかもしれない。フロントガラスの中を自由気ままに舞うテールライトを見ながら、ぼんやり思う。

その人は大学で経済を学び、就職は製造業を選んだ。トリノである。ミラノと双璧をなす北部の都市であり、イタリア経済を牽引してきた。同級生達は皆迷わず、金融関係の仕事に就いた。

彼の勤め先は、社名を言っても誰も知らないような会社だった。ボルトやナットの専門メーカーである。商品は数千種にも及ぶ小型部品で、どれも同じに見える。何回巻きのボルトの頭の部分の形。ナットの表面は平らなのか、フランジ付きなのか。ボルトなのか。どのボルトに合わせるナットなのか。材質は……。

無限にも思える商品の概要を彼はすべて諳《そら》じていた。

「こちらが、契約数トップの営業マンです」

そう紹介を受けて彼と会ったのは名古屋だった。

業績を評価された褒美に日本への旅行をプレゼントされた彼のアテンドをするよ

う、件の輸入会社から私は派遣されたのである。

トリノは、イタリア最大の自動車メーカー、フィアットの発祥の地である。自動車に留まらず鉄道車両や航空機の製造にも進出し、加えて出版から金融業まで傘下に収めている。すなわち産業全般だ。フィアットは単なる一企業を超えて、現代イタリアの基幹を作り上げた、歴史の一部のような存在と言えるだろう。

たとえば、車文化を浸透させるために、つまり車をよりたくさん売るために、イタリア半島の北から南へ高速道路を貫通させたのはフィアットの力とされている。〈太陽の道〉と呼ばれるその道路を辿ったのは、フィアットの車だけではなかった。道の果てる南の突端からすべての道が通じるトリノに向かって、老若男女が上京した。

国政に従うのがフィアット、ではなく、フィアットが行き先を決めてイタリアの舵取り《かじと》りをしてきた。戦後、発展と新しい時代へのチャンスから断ち切られてどん底にあったイタリア南部から見れば、フィアットは北部に輝く地上の救世主だった。

「『フィアットの近くに行けば、仕事や近代的な暮らしと豊かな未来が手に入る』と信じた南部の人達が、続々とトリノへ移住したのです」

上取引先である愛知県の自動車会社を表敬訪問したあと、部品を売って日本まで来られたなんて、とその営業マンは感慨深げだった。

「僕の両親も南部からの移民でした」

オリーブに葡萄《ぶどう》、季節ごとの野菜作りで知られてきた大地だったが、農地改革後の借地で小規模で農業を続けても先がないように思った。戦後、南部と北部の格差は広がる一方で、たまに目にする北部イタリアの躍進ぶりに南部で貧窮する人々は仰天し、展望のない自分達の人生に焦った。

〈北部に行けば人生が開ける〉

記録によると一九五八年からの五年間に約百三十万人が南部から北部へ移住し、その過半数がトリノを目指したとされている。フィアットは、南部の多くの人にとっての未来への轍《わだち》だったからだ。

しかし、押し寄せる移民を受け入れる場所がない。道も足りない。学校も病院も足りない。同じイタリア人とはいっても、気候も環境も違えば、食生活も習慣も考え方も異なる。開けっ広げで直截な振る舞いの南部人と、形式が第一で内向的なトリノ人。水と油である。元々の住民と移民達との間では、衝突が絶えなかった。

「店や食堂の入り口には、〈犬と南部人、立ち入りお断り〉と、貼り紙がしてありました。家だって、南部出身だと貸してもらえなかったのですよ」

親族や同郷が集まり、蚕棚《かいこだな》のような家で肩を寄せ合って寝起きしながら、人間らしい暮らしを夢見て堪えたのである。フィアットは、こうした南部移民の「とにかく仕事を。とにかくトリノへ」という渇望を見事に吸い上げた。

農地から逃れてきた人達は、工場での流れ作業に就いた。生活環境も労働条件も貧相で、南部時代と比べて生活が向上したとは言い難かった。それでも故郷での辛さは見通しのない絶望であり、トリノでの厳しさには引き換えに安定と希望があった。

「大学の成績は悪くありませんでした。希望すればどの金融機関にも入れたでしょう。でも働くなら自動車関係のメーカー、と決めていた。両親も叔父も叔母も車工場で働き、質素に暮らし、ローンを組んで家を買い、一生を終えたのです」

ボルトとナットを見ると、油塗れで帰宅する夜勤明けの父親や早出の母親を思い出す。母親は子供達を学校に送り出し、夫がシャワーを浴びて寝床に入るのを見届けてから工場へ行った。いつもどちらかが必ず家にいて、子供達は寂しい思いをしたことがなかった。

「両親は工場では替えの利く部品に過ぎなかったのかもしれませんが、うちでは世界でただ一つのエンジンでした」

部品で育ち、大学を出て、部品へ戻る。

トリノの辣腕営業マンと聞いて、結果の数字第一主義の厳しい人を想像していた私は、組織の個として地道に務めを果たす彼に、また別のイタリアの真髄を見る思いだった。

そして、南部の意地と意欲を北部に引き集めたフィアットの計り知れない力と手腕に改めて驚く。

車は人なり、か。

夜の高速道路を走りながら、散らばる欠片の煌めきに見とれる。

六　そして、船は行く

昔、六年ほど船上で暮らしていたことがある。

年季の入った二本柱の木造帆船で、一年じゅう海上というわけにはいかなかった。毎年晩秋になると船を陸《おか》に引き上げ風を入れ、ひと冬かけて船体の奥までたっぷり沁み込んだ湿気と塩を抜かなければならなかったからである。

春が来て復活祭が終わる頃、船を海に戻す。船曳《ふなひ》き所から波打ち際まで何本もの丸太を枕木のように敷き、船を滑り出させる。屈強な船大工や港で働く作業員が大勢やってきて、船の両脇に分かれて丸太がずれないよう目を配りながら綱を引いた。主柱は太く高さは優に十メートルを超えるので、進水には交通警官が必ず立ち会った。万が一に備えて周囲の交通を規制したのである。

船齢は六十年余り。真鍮《しんちゅう》製のいくつかの部品を除いてすべて木製だった。材質は、水に強いアフリカ産マホガニー。赤みがかった木で覆われた船内は代々の船主達から念入りに磨かれて、ぽってりとした温もりがあった。木が外界の雑音を吸い込みしんとし、船腹にいると自分が海の上にいるのをしばしば忘れた。鼻を突く重油の臭いに交じって、ウッドオイルの甘い匂いと潮の香がかすかに漂う。老いた懐に抱かれて嗅ぐ、船の匂い。

ミシミシと老体を軋ませながら、皆の見守るなか船は少しずつ海へ入っていく。何度立ち会っても、心の震える瞬間だった。

ジェノヴァの船大工が、古くから一帯に伝わる工法で造った帆船だった。かつてイタリア半島からシチリア島への間を、往路には地産のワインやオリーブオイルを運び、復路には塩やオレンジを積んで往来した貨物船が存在した。帆船はそれと同じ船型だった。それで、船腹がでっぷりと幅広なのらしい。

ずっと他人の船を造り続けてきた名工が、余生を過ごす場所として最初で最後、自分のために手がけた一艘だったと聞いた。

造るにも乗るにも手間暇がかかる古式の木造帆船に詳しい職人は、もうほとんどいない。宇宙船と見紛う外観に軽くて俊足の船が現代の主流で、大半が樹脂製へと代わっている。

造られたときは、さぞ威風堂々としていただろう。しかし長い月日を経て、木造帆船は旧時代の遺物と化してしまった。どれほど名工の技が秀逸でも、骨董品として愛でるには嵩が高過ぎた。

船は長い間、浜に引き上げられたままになっていた。毎年の手入れを済ませ進水を待っていた間に船主が急逝してしまい、陸で二年目の春を迎えようとしていた。

以前から私は、その海によく出かけていた。住んでいたミラノから近く、リアス式海岸が続く一帯は一年を通して穏やかな気候で緑が美しい。都市部に近いというのにけばけばしい観光地に変わることもなく、素朴さを残しながらもそこそこに開けていて居心地のよいところだったからである。

行くと必ずその船を見に行った。海水浴客の邪魔にならないように、船は浜からさらに奥の松林近くに引き上げられていて、疲れた体を横たえ木陰から海を眺めているように見えた。ニスは剝げ落ちて羽目のあちこちが反り返り塗料もすっかり褪せていたが、それでも船軀には落ち着いた風格と気品が満ちて優雅な老婦人のように見えた。朽ち果てる前の毅然《きぜん》とした佇まいは、美しい終焉《しゅうえん》の手本に思えた。

やがて私は、その船を見るために海へ出かけていくようになった。

行けば会える。見るとほっとして嬉しく、また会いたくなる。旧い友人のようだった。

夏を間近に控えたある日、これ以上陸に上げたままにしておくと傷みが進んで二度と海に戻せなくなる、と地元の人から聞いた。大切な友人の余命を知るようで胸が詰まり、止むに止まれない気持ちになった。

「引き受けてくれるのなら」

提示された価格は、小型車一台にも満たない額だった。

ことの重大さと自分の浅慮に気付いたのは、船を浜から海に入れる段になってのことである。

木造帆船に詳しい船大工がまだいる、と聞き、修理のためにその船工房がある別の港町まで船を移動させることになった。しかし陸路で運ぶには、何せ大き過ぎた。

「そもそも船は海を行くものだ」

浜の人達は、長らく干されていたその船が再び海に戻るのを見たがった。

船主になったというのに、私は船舶免許すら持っていなかった。免許を持つ友人達に頼み、浜から海へ、海から港へと船を運んでもらうことにした。手を貸してくれることになった熟年の友人三人は、それぞれに長い船歴を持っていた。もともとは住んでいる町も異なる見知らぬ者どうしだったのが、同じ港にそれぞれ船を係留したり出入りしたりするうちに仲よくなったらしい。夏が終わると三人は各自の船に寝泊まりして、ニスを塗ったり機械油を差したりして週末を過ごしていた。日暮れどきになると、揃って松林までやって来ては老船を熱心に見ていたので、そのうち私も彼らと言葉を交わすようになったのだった。

船の移動が決まると、三人は老船に毎日通ってきた。「仕組みをよく勉強しておかなければ」と、隅々まで見て回り木の壁や窓枠にそっと触れては、惚れ惚れした顔で溜め息を吐いた。

いよいよ出港の日となった。

甲板で三人は目と目で示し合わせ、ローマ出身の友人が黙って舵の前に立った。あとの二人は以前からずっとこの船に乗っていたかのようにごく当たり前に船首と船尾に分かれて、船長からの指令を待つ構えを取った。

浜で馴染んだ船がとうとう海へ戻る、と聞き付けて、地元の人達が大勢、見送りにやってきた。私も胸がいっぱいになり、闇雲に甲板を行ったり来たりしては、浜に集まった人達に向かって声をかけたり手を振ったりした。

「おい」

それまで無言だった船長が、低く言った。船首と船尾に立つ二人は揃って、私を目で押さえ付けている。

そこ、と船長は顎《あご》を軽くしゃくり、

「海に出るまで座っていなさい」

と、命じた。乗船するまでは皆でさんざん軽口を叩いて笑い合っていたのに、舵の前に立った途端、ローマの彼は顔付きも物言いもすっかり別人に変わっている。他の二人は船長に訊き返したりしない。どの指示にも、はい、と短く応じて手早く作業を済ませ、次の指令が下るまで黙って待っているのだった。

突然、三人の間に築かれた主従関係と、「あ」と言えば「うん」で返す端的なやりとり、目と目で意向を伝えるような気配に私はたじろいだ。老船に連れられて自分の想像の及ばない未知の世界に入っていくのだ、と身震いした。

傷んだ船を目的の港までそろそろと運び終えると、修理を請け負ってくれる船大工達の手が空くまで係留して待つことになった。

手のかかる船を持つことを決めてから、私はミラノでの一切合切を処分していた。家も家財道具も、そして人間関係も。手元に残ったのは、海へ出ていく無謀な勇気と老船だけだった。

その日から、船が私の住処となった。

波止場には最新型のヨットやモーターボートが並んでいる。車で通える距離に船を係留し、週末になると都市から田舎の海に通って船遊びをする。そういう〈週末ヨット族〉が、ミラノやトリノにはけっこう多い。あるいは、夏の数週間だけ船を出す。年によっては夏にすら乗らず、船をシートで覆ったままにしている船主もいる。だぶつく裕福さを持て余している。持つことがまず肝心で、乗るかどうかは二の次なのだ。海も船も、実はどうでもいい。

見栄の船、虚勢の波。

自分の成功を誇示するための船は、港に繋がれるとそれで用済みなのである。放り置かれた無数の船が、空っ風に揺れている。

連れてきた老船は大きいため、波止場の端の外海に一番近いところに係留することになった。吹き込む風は強く、時おり高い波が立ち、軽い小型船だと流されてしまうような場所だった。ぽつんと一艘だけ離れて、老船は傷んだ船体を所在なげに左へ右へゆっくり揺らした。夜になると風が支柱とロープの間をヒュウヒュウと音を立てて吹き抜けていき、柱のてっぺんの避雷針がカタカタと細かく揺れた。
入港してすぐに電気系統が壊れてしまい、修理を待つあいだ、波止場に点々と立つ街灯からの貰い灯で過ごした。独り薄暗い船内で耳にする風や波は、厳しいような寂しいような音だった。それは、自ら打ち置いてきたミラノのさまざまが呼び戻そうとする声のようであり、内にしまい込んだ自分の弱音のようにも聞こえた。

助っ人三人はその後もときどき訪ねてきては、甲板の水洗いや舵や扉にヤスリをかけるのを手伝ってくれた。作業に手を貸すというのは言い訳で、本当は古式帆船に触っていたかったのだろう。あれこれ船上で忙しく半日を過ごし、日が暮れると名残惜しそうに帰っていくのだった。

アントニオ。

浜からここに着くまで雇われ船長を担った彼は、ローマ生まれである。
それほど上背があるわけではないのに堂々として見えるのは、自分の足下が見えないほど出っ張った腹と厚い胸、もみ上げから繋がる顎鬚《あごひげ》のせいだろう。髪の生え際は大きく後退し、オールバックに流している。

自営業。事業は好調らしい。一人会社で誰に気兼ねすることなく、仕事と時間を采配している。暮らしぶりそのままに、船も頻繁に買い替えてきた。ヨットだったり、モーターボートだったり。新船のこともあれば、中古船もあった。種類や大きさもまちまちで、そのときの気分任せで選んでいるようだった。

沖に出てしばらくするときまってアントニオはポロシャツを脱ぎ捨て、上半身裸になった。腰骨の下にずらして穿《は》いたズボンの上から、日に灼けた腹がでっぷりとはみ出している。その粗雑さが不思議と粋で、少しも下品にならない。口端にパイプをくわえて舵を取る様子は、まるでヘミングウェイである。もし難しい海と遭遇したなら、同乗する者達はたとえ船長としての力量を知らなくても迷わずアントニオに舵を任せたがるだろう。

海の力は計り知れない。天はじっと見下ろしている。

最新型のGPSによる航路計算機を持ちながらも、アントニオは古い海図を広げ、夜を待って星に訊く。船は静かに漂いながら待っている。

「よし」

アントニオのひと言は豪放磊落《らいらく》に響き、同乗する者にも勇気がふつふつと湧いてくる。船内を統率し、有無を言わせない迫力がある。

見知らぬ方に向かって船で行くとき、率いる人が理性的に過ぎたりあまりに民主的だったりすると、風を受け波に乗るわくわくした気分は萎えてしまう。自信満々で独善的に押し切れるほうが、船長には向いているのかもしれない。

アントニオは人たらしならぬ、船たらしだった。どんな船でも彼が舵を切ると、嬉しそうに腹を揺すって海面を飛んだ。疾風が吹くとたいていの船は急いで港に引き返すのに、アントニオは沖合に残って帆を張る。あるだけの帆を広げ、三角帆まで張る。海じゅうの風を集め、帆は今にもはち切れんばかりに膨らむ。柱が揺れる。そのまま船は天まで飛んでいきそうだ。バンと大きな音を立てて帆が風を受け止め、船首がグイと持ち上がる。船がもんどりを打つ。ミシミシと軋む船殻。手綱を強く後ろに引かれて、馬が前脚を上げ天に向かって嘶《いなな》くようだ。

何度、もう一巻の終わり、と覚悟しただろう。

ふと気付くと、いつの間にか荒波は鎮まっている。緩んだ帆が物足りなさそうにハタハタと音を立てている。その向こうには、陸が見える。舵の前に立つアントニオは微動だにしない。

そういう船行きを共にすると、たいていの女性は甲板で伸びてしまう。船に酔って。船長に、痺れて。

週末だけで酔いから醒める人もいれば、長い間、痺れっ放しの人もいた。アントニオが船を持つのは海に出るためだけではなく、戻って港を楽しむためでもあるらしかった。

港の隅にさまざまな物が流れ着くように、波止場の端に繋がれたうちの老船には、酔いが醒め痺れの治まった女性達がやってくるようになった。舵を離して陸に上がると、アントニオはどこにでもいる強情で我が儘《わがまま》な初老の男なのだった。

「ゼウスじゃあるまいし」

陸で正気に戻った女性達は憮然《ぶぜん》としている。海の上でどれほど神々しくても、陸に戻ってからも、すべて思うがまま、と唯我独尊に振る舞われてはたまったものではない。船長は一人でなければ船は進まないが、陸の日常は周りとの協調あってのことである。

アントニオがしばらく顔を見せないと、あちらの港で痺れた人にかかりきりなのだろう、と私は喜び、

「エンジンに油を差してあげようかと思って」

ふらりとこちらの港に彼がやってくると、今回もまた人たらしに失敗したらしい、と残念に思うのだった。

老船でアントニオはひと通り手伝いを終えると、ささくれだった甲板にごろりと大の字になりたちまち大きな鼾《いびき》をかいた。小一時間も熟睡するとふらりと船から下りていき、しばらくすると両手に買い物袋を提げて戻ってくる。焼きたてのパンにサラミ数本、そしてワインとウィスキー。

ふつう船には、切れる刃物は一本しかない。帆や錨《いかり》を繋ぐロープが絡まったり、船員どうしの揉めごとが起きたりするとき、元凶を断ち切るのは船長の責任である。船を進めるには、船頭は一人に限る。それで刃物も、船長の持つ一本だけと決まっている。

老船の刃物は、私がいつもポケットに持っている。

たとえ雇われ船長を務めても、老船はアントニオの船ではない。心得ていて、私にナイフを請うことはない。

彼はいきなりサラミに歯を立てて表皮を喰いちぎり、フォークの柄《え》を斜めに当てて力任せにこそげ始めるのだった。面倒臭くなったのだろう、途中からはそのままかぶり付いて食べ始めた。サラミソーセージを頬張り、パンをちぎり、脂でギシギシする口へ赤ワインを流し込む。私がぶつ切りを一、二個食べる間に、アントニオは丸一本を食べ尽くし二本のワインを空にした。手酌でウィスキーを生《き》のまま飲み始め、瓶が半分ほどになるとローマ訛りがいっそう強くなった。

「最初のは、若気の過ちだった。僕は二十二、相手は十八でね」

夏休みに出かけたシチリア島で知り合い、休暇が終わるときに彼女の親には何も告げずに二人で北部行きの夜行列車に飛び乗った。夏の火照りが醒めるまで、少し遊ぶだけのつもりだった。浮き立つ気持ちでミラノ駅に降りると、ホームに彼女の兄が待っていた。

「ヒッデエ　ハナシ　デネ……」

強い訛りが回らない呂律《ろれつ》に絡み付き、恋の行方がうまく聞き取れない。

わかっているのだろうな、と、ホームで彼女の兄に詰め寄られた。

アントニオは、シチリア島に残る古くからの掟《おきて》を甘く見ていた。

フイティーナ。若い恋人達が親の目を逃れて外泊し肉体関係を結ぶ、という風習だ。自分達の激情を公にするための、恋の逃避行なのだった。

伝統と体面を重視するシチリアで、結婚はまず家と家とが交わす契りである。成就するまでには、面倒な準備や儀式が待っている。中には互いの家の釣り合いが取れずに、あるいは婚礼費用が工面できずにまとまらない恋もある。正式な婚約が認められるまで、連れ立って出かけることすら許されない。燃える二人は待てない。それで、フイティーナを企てたのである。準備の済まないうちに関係を持つのは、女性側の一家の恥だった。恥が世間に知れる前に、両家は慌てて婚礼の用意を整えた。

小さな旅の代償として、アントニオは大きな責任を取ることになった。しかし二カ月も経たないうちに、彼は妻の下から新たな逃避行の旅に出てしまった。

その後、彼が何人の女性を迎え、どう別れ、今に至ったのか、よく知らない。老船をいよいよ陸に引き上げることになり、アントニオが手伝いに来ることがなくなって、甲板でサラミを当てに飲みながら彼の昔話の続きを聞く機会を失ってしまったからだ。私が知っているのは、遠い夏の逃避行と、今のアントニオには共に暮らす家族がない、ということくらいだった。

ジャンパオロ。

いつもアントニオと連れ立って来るのに、一日が終わって別れてみると、さて彼がどういう話をしていたのか思い出せない。そういう人だった。

穏やかで真面目。アントニオの影であり、また静かな後見人でもある。俺がオレが、と出過ぎることも激することもない。船内外で、自分の立ち位置を心得ている。少し離れたところにいて、常に沈着冷静だ。痩せて中背の体軀は船を操るには脆弱《ぜいじゃく》過ぎるが、その欠点を補って余り有るほどの好奇心を持っている。博識だがひけらかさず、必要があればもったいぶらずに提供する。小柄な彼から誠実な物腰で頼みごとをされて、手を貸さない者はいないだろう。荒れるのは波だけでない海を行くとき、ジャンパオロは理想的な連れだった。

ミラノ生まれの彼は、幼い頃から祖父に連れられて乗っていたのがきっかけで、近場の川や湖に手漕ぎの舟を出し釣りを楽しむようになった。

ある春、川下りの途中に船曳き所を通りかかった折に、長さ五、六メートルほどの一本柱の帆船が何艘も河岸に留めてあるのを目にした。

〈これなら僕にも〉

ひと目惚れし、ジェノヴァ近辺に点在する船工房を片端から訪ねて回った。船大工と話し、帆船の本を買い集め、仕事のあとミラノ市内の屋外プールに通い船舶免許の講習を受けた。夏になるとジェノヴァへ出かけ、子ども達に交じって小型帆船の操縦の練習を重ねた。

ミラノの冬は長くて厳しい。屋外プールでの練習は休止になる。それならば、と世界じゅうからさまざまな種類の帆船模型を取り寄せて、組み立てた。精巧な模型を何艘も作ったおかげで、古代から現代までの主な船種の構造は頭の中に入っているのだった。

常に何かしら船舶関連の調べごとをしていた。

「海図と星座を勉強しているところでね」

てっきり航路計算のためなのかと思っていたら、ジャンパオロの調べごとは実用の範疇《はんちゅう》をとうに超えていまや中世の海図や天文学にまで広がっている、という調子だった。

彼の持ち船へ何度か呼ばれたことがある。ごく小ぶりの帆船だった。方々の船工房や見本市を外国まで訪ねて自分に最適な船型を徹底的に研究し、見つけておいた船工房に木造船を注文した。船内の椅子に置くクッションから調理コーナー、電気回線に至るまで、図面はすべて自分で引いたという。

「模型作りのあと、船舶設計の勉強も少ししたのでね」

彼は工学部を卒業していた。

岸壁に渡し板は掛けず、ロープで船を引き寄せて船首へ飛び乗る。訪ねてきたアントニオが大股を掛けると、小さな船は〈ようこそ〉というように頭を垂れた。

甲板は、なかった。船の中央が四角くくり抜かれ、辛《かろ》うじて足が置けるかという幅の船縁が取り囲んでいる。その四角の中に、舵も道具入れ兼用のベンチもエンジン室への引き上げ戸や巻いたロープも置いてあるので、四人も乗り込むと足を組むのすら窮屈だった。

最初からアントニオはそこへは入らず、窮屈そうに船縁に尻を乗せて船外に足を出した。舵の前は、船主ジャンパオロの席なのだ。

限られた空間には、あらゆる物が無駄なく収められていた。そもそも船に持ち込める物は、ごく限られている。大型船ならまだしも、これほど小さいと少しの揺れで船内まで水浸しになる。軽くて小さな船体は簡単に真横に傾き、右から波が入っては左から出ていく。波を切り分けるのではなく、ミズスマシのように水面を左右に船体を軽快にくねらせて進む。過分なものは航海に邪魔だ。半歩でジャンパオロは船内へ入って二歩で舵を取り、そこから十歩前へ行き舳先に下がる錨の確認をした。木造の船内には、天井近くに引き出しが並んでいる。揺れても飛び出ない。からくり簞笥《だんす》を彷彿《ほうふつ》とさせる精巧な仕掛けだ。

「煙草、あるか」

アントニオが訊くと、ジャンパオロは座ったまま体をよじって扉の内側に手を伸ばし、引き出しから二重チャック付きのビニール袋を出すのだった。

船内はカプセルホテルを思わせた。手の届くところにジャンパオロの生活のすべてが整然と収められていた。

彼は海に出るとき、誰も乗せなかった。

「人に命令するのは苦手でね」

コンパクトで、過不足なく、明確。

船は人なり、か。

寸法通りに仕立てた船は、他人には合わない。

温厚で知的に見えて、実はいっしょにいると、ジャンパオロにも排他的で人に窮屈な思いをさせるようなところがあるのかもしれない。

サヴェリオ。

彼は皆から〈島の人〉と呼ばれていた。その港に来る前にどこかの島にいてそう渾名されたのかもしれないが、何よりその性格によるものだろう。

他の二人と違って、彼は船に住んでいた。船が彼の島《シマ》なのだった。恰好に構わず四季を通してジーンズと白いTシャツで暮らし、寒ければそれにフェルトのセーターを羽織った。

訪ねてくる人はおらず、出かけていく先もない。自船に入れるような付き合いがあるのは、アントニオとジャンパオロくらいだった。しかし無愛想かというとそうでもなく、声をかけられれば嫌がらずに話はした。必要以上は踏み込まず、また立ち入らせることもない。

音楽と本が好きで、両隣の船に人がいないときにはクラシック音楽をギターで弾きながら、古典の散文詩を朗読したりもした。他の人がすれば、ひどく気障《きざ》に見えただろう。サヴェリオにかかると、不思議と鼻に付かなかった。他人からの評価に無関心で、身繕いと同様、取り繕うことはせず飄々《ひょうひょう》と気の向くままだからだろう。

若い頃から定住の場所を持たなかったらしい。二親揃っていたがどちらにも育てられなかった、と聞いた。サヴェリオがあるとき舳先に座って、そういう内容を歌のように口ずさんでいたのを耳にして、彼に尋ねたことがある。

「小学校の頃から毎日プールに通って、そのうち優待生になってね。朝練夕練ごとにシャワーを浴び、競技大会で各地にも行った。清潔で旅するスポーツマンだ。実にモテたよ」

以来、いつも水際で暮らしてきたのだという。

臨海学校で水泳を教えたり、遠洋漁業船に乗り数カ月の漁に出たり。お払い箱寸前の水上バスを譲り受けて、干潟に係留して住んでいたこともある。小型モーターボートで荷物の配達をし、海洋の清掃船でも働いた。タンカーの厨房《ちゆうぼう》時代に覚えた異国の料理は、今でも十八番だ。スキッパーとしてレガッタに参加し、そのましばらく南半球で暮らしたこともある。

船の種類も渡った海も、さまざまだった。水の際《キワ》ならどこでもよかった。

それだけ海が長いと、難破や漂流したことも一度や二度ではないらしかった。額に深い傷跡があるが、どこでどうしたのかは話さない。誰も訊かない。夏でも必ずウールの帽子を被っていた。斜めに深く被るのは、潜水中の事故で聞こえなくなった片耳を庇《かば》うためらしい。ジーンズとTシャツ越しにもわかる贅肉のない体付きは、年齢不詳である。思い切り刈り込んだ頭はごま塩で、潮灼けした顔が映える。五十になったばかりか、あるいはとうに六十を超えているのか。確かめる人もない。海に出れば、正確な年齢などどうでもいいことだった。潮の流れを読めるかどうかのほうがよほど重大なのだ。彼は、舐めた指をかざすだけで天候が読めた。港にいるときも沖に出ても、舳先に座り前方を睨んだまま物も言わずに何時間も過ごした。群れを嫌う狼《おおかみ》なのだ。大胆なアントニオも緻密なジャンパオロも、動物のような勘で海を行くサヴェリオに一目置いていた。

荒れて、凪いで。緩めて、張って。

海の言い分を聞きながら、船を操った。力任せでも、計算尽くでもない。

サヴェリオが陸に近づくのを知ると、「ぜひ寄って行け」と、港のほうから誘いがかかった。

さて、修理を頼んだ船大工は一徹で、くどいほど丹念な仕事ぶりだった。二本の柱を船体から抜いてニスを八回も重ね塗りし、窓枠や扉、船底の床板まですべて外して磨き上げ、ウッドオイルを塗り込み、乾拭《からぶ》きして、念のために再び塗った。電気系統はネジ一本に至るまで分解して点検し、エンジンを整備し、重油タンクを洗いに洗った。錨は、鎖の輪と輪の間までブラシで磨き上げた。細かく手入れしながら、古式帆船に込められた先達の技と思いを感じたかったのかもしれない。そこまで念を入れたのは、老船がくたびれ果てていたこともあるが、これから予定する航路が長くて厳しいものになりそうだったからだ。私は、船の修理が終わり次第イタリア半島を後にしてサルデーニャ島へ移ろう、と決めていた。

老船の修理を始めた晩春、三人の仲間はリグリアから南仏にかけての海域で開催されるレガッタに各々の船で参加しながら南下し、そのまま船をサルデーニャ島まで運ぼうとしていた。

「船に住むことに決めたのなら、係留はサルデーニャがいいだろう」

三人は、異口同音に私にも船を移動するように勧めた。

それ以前に私もサルデーニャ島には、何度か行ったことがあった。一年を通して島の海は白い海底に空を映し、エメラルドグリーンに光っている。海水を手に掬《すく》い上げると、透明の貴石が細かく砕けてこぼれ落ちるようだ。欧州で最も土壌の古い島とされ、天を突く険しい岩山や海際に直角にそそり立つ絶壁があるかと思うと突然、その先に森林が黒々と広がっている。島全体に神々しい気配が漂っている。

荒削りの壮大な光景を思い浮かべ三人の助言に大いに心が動いたが、私は相変わらず船舶免許を持っていなかった。よもや持てたとしても、リグリアからサルデーニャ島まで大きな老船を運ぶなど到底無理な話だった。イタリア半島とサルデーニャ島との間の潮流は激しく、途中、海面そのものに数メートルの段差まであるような航路なのだ。帆と目を閉じてエンジンと息を止め、段差を飛び下りるようにして一気に走り抜ける、と聞いたことがある。

「乗り甲斐があるよな」

アントニオがニヤリと言うと、まあね、と目でサヴェリオが応えた。ジャンパオロは、早速GPSを出して航海日数を試算し始めている。

迷っていると、

「僕達の船を島に係留し終えたら、この老船ごと連れに戻ってあげるから」

ぜひ実行しよう、といつの間にか三人の間で計画はどんどん進んだ。

「船主に何かあってはいけないので」

修理もそろそろ終わるという頃に、三人を代表してジャンパオロが私を訪ねてきて開口一番にそう言った。船は男三人で運ぶから私は陸路を行くといい、と言いに来たのである。

「フェニキア人や古代ギリシャ人達も、ずいぶんあの段差には苦労したようで」

次々と難破の史実を例に引きながら、

「いやあ、危ない。恐ろしい。同乗してもしものことがあっては、大変」

と、繰り返した。

乗りたいのである、男三人だけで。古代から難関として知られる航路を古式帆船で行ってみたいのだ。

陸にぽつんと放り置かれていた老船が、今、荒波を行く。若かった頃に通った航路をなぞるようにして。

「このあと、もう行けなくなるかもしれないよね……」

老船のことなのか、自分達のことなのか。


ポーッ。

喉《のど》の奥を鳴らすようなくぐもった長声一発を残して、老船はリグリアの小港から出ていった。船主を陸に置いたまま。三人は三様に揚々として、浜に向かって手を振っている。

塗り替えられたばかりの濃い緑と茶色の船腹で、初夏の波を分けて進んでいく。かつて船が運んだオリーブの緑色であり、それを育んだ豊穣な土の茶色だ。船腹をぐるり一周、描かれた黄色の線は、リグリアの太陽である。

陸からの餞《はなむけ》を受けて、老船は海を行く。

そのうち空と海、二つの青の間に吸い込まれるように、姿を消してしまった。

水平線へ続く白い波は次第に霞んで見えなくなり、美しくて切なかった。その情景は、老船の、そして三人のエピローグを読むように思えた。

あれからもう十年余りになる。

私は老船を手放し、今はミラノで暮らしている。見晴らしのいい家で、眼下には大きな広場、その向こうには大聖堂が、晴れるとアルプス山脈までが一望のもとに見渡せる。

無数の車や路面電車が、広場を縦横に往来している。窓を開けると、喧噪とともに排気ガスの臭いが上がってくる。老船の懐で嗅いだ、重油とウッドオイルの入り交じった匂いが鼻の奥に蘇る。

もうそろそろだ……。

プファーン。

広場の車の波間から、くぐもったクラクションが長く一回、鳴った。

月に一度、晴れた日の午後、サヴェリオは車にアントニオを乗せて広場を横切る。私は広場から見える窓辺に立って、待っている。

下を通過するとき、サヴェリオはクラクションを鳴らして合図する。クラクションが鳴ると私は窓から身を乗り出して〈オーイ〉と、思い切り手を振る。ハンドルを保ちながらサヴェリオは窓から手を出し、オーイと返してくれる。

助手席にはアントニオが微動だにせず座っている。

車窓の二人は一瞬のうちに視界から消えてしまう。

また来月も会えるだろうか。

あの春、浜に集まった人達に興奮して手を振り声を張り上げた私に、「おい」と叱責し、大人しく座っているように命じたアントニオには今、もう声がない。

数年前の冬のある晩に深酒し、倒れた。家事代行業者が見つけたのは、翌朝だった。

沖に出るたびに痺れた女性と港に戻って得意気だったアントニオには、結局、長く寄り添う相手は現れなかった。

彼の強引な振る舞いの裏には、何か見せたくないものが内にあるのではないか、と思うようになった。甲板で酩酊《めいてい》すると必ず同じ話になり、その話をするときは訛りが強く出て饒舌になり、笑っているのに泣きべそをかいたような顔になるからだった。

継続しない相手をあえて選んでいたのだ、と知ったのは、彼が病に倒れてからだった。

ジャンパオロから見舞いに誘われて入院先を訪ねると、目鼻立ちの印象的な青年がベッド脇に座っていた。黒髪は波打ち睫毛《まつげ》の長い大きな黒い瞳で、

「息子です」

アントニオと同じ声で挨拶した。遠いシチリアの夏の、フィティーナの結実だった。

弁護士事務所に勤めている、と、青年は礼儀正しく自己紹介した。ときおり見せる確固とした眼差しが、舵の前に立っていた頃のアントニオのものと重なる。

家族三人が揃って暮らすことはなかったけれど、別れた妻と息子に、家も学業もバカンスも車も、不足のないようにアントニオは手を尽くしてきた。仕事に没頭したのも共に暮らすような相手を作らなかったのもすべて、失った家庭を思うがためだった。

倒れた晩、家で独り、アントニオは祝杯を挙げていた。息子が司法試験に合格した、という報告を受けたところだった。

三人が老船をサルデーニャ島へ運んだあの初夏、先回りして到着港で待ち受けていた私に、

「これはフイティーナだ。僕と〈彼女〉の結婚を認めてくれないか」

老船の舵を撫でながら言った、アントニオの茶目っ気たっぷりの顔を思い出す。


アントニオが船長でなくなって、ジャンパオロは川に戻っていった。

「支柱を抜いたら、もう帆は張れない」

古の海図や帆船の書籍、天文学の資料は、すべて処分した。手漕ぎの舟で川釣りをするのに、海図も星座表もロープももう要らない。

身の丈にぴったりの帆船に意味があったのも、海に出て味わう孤高感を分かち合える仲間があってのこと、と、アントニオとサヴェリオと知り合ってわかった。

〈細々とした日常から自分は逃れることができない。広い海で独りきりになれば、自分を締め付けているタガが外れるかもしれない〉

そう思って仕立てた船だったが、広いところに出てみると、所詮、自分にはこの

体どおり小ぶりな人生が合っているのだ、とジャンパオロは自覚した。

　それでもアントニオとサヴェリオと連れ立って沖へ出ると、自分が弱点だと思っていたことを二人は絶賛し歓迎してくれた。

　他人に命じることは苦手だが、言われたことを正確に迅速に実行するのはこの上もない喜びであり、得意だった。アントニオという目の粗い篩《ふるい》からこぼれ落ちてくるものを漏らさず拾い受け、航海という共同作業の中にきちんと組み込んでいく。自分が計算した航路とサヴェリオが嗅覚で探り当てたものが同じとわかると、ジャンパオロは自分までが海の狼になったようで誇らしく高吠えしたくなった。

　自分の船を徹底的に整理整頓したのは、三人で航海するための準備を完璧にしたかったからである。係留した自分の小型帆船は、そのための研究室だった。一人で籠り、空想の中で自由自在に航海をする。海に出てから陸に着くまでの航路を海図でなぞりながら、古代ギリシャやローマ時代に飛んだりコロンブスやバスコ・ダ・ガマに思いを馳せたりした。

　自分に相応《ふさわ》しい船旅を見つけることができたのは、本物の船長と甲板長に出会ったおかげだった。

　従う船長を失い、ジャンパオロの海は遠くに行ってしまった。

「アントニオが海だから」

サヴェリオはふらりと病室に現れては、しばらく傍《そば》に座っていた。

話しかけても、応えはない。アントニオの焦点の定まらない目をちらりと見て、すっかりしぼんでしまった額にそっと指を当てると、じゃあまた、と、サヴェリオは手を上げて帰ってしまうのだった。

アントニオのこれからを指先で読み取ろうとしたのだろうか。


昔、サヴェリオは長い航海の途中、突風で帆を巻き上げるのが間に合わず大きく回転した支柱を額に受けて海中へ放り出されたことがある。奇跡的に一命は取り留めたものの、数カ月経っても頭と体は別々のままで、他人の頭の中を覗き見ているような感覚の日が続いた。毎日のリハビリで、さまざまな線や図形、色を繰り返し見せられては、箱の奥深くから引っぱり出すように物の名前や意味を必死に思い出そうとした。

人と話すのが億劫《おっくう》になったのは、事故のせいなのかもしれない。話したくないときには頭の中にシャッターを下ろせばいい、と思うようになった。外界の雑音が遮られると全身の感度が高まり、それまで見えなかったものや聞こえなかった音があるのに気付いた。

アントニオは木になって、自宅に戻った。

空《くう》に泳ぐ彼の目線の先に立つと、サヴェリオは低い声で歌い始めた。

アモーレ《愛》、

アンコラ《錨》、

アペリティーヴォ《食前酒》、

アデッソ《今》……。

「アヴェ・マリア！」

そして、

アミーコ《友だち》のＡ。

クラシック音楽に乗せて、Ａで始まるアントニオに関係するさまざまな言葉が紡がれて流れる。これは二人の符丁だ。

沖に出る前、男達が甲板で交わした無言の合図を思い出す。
言葉は漂い、波を作り、潮流を集めて海となる。

プワァーン。
階下をクラクションが走り抜けていく。
難しい航路を辿り未知の海を行く老船の、長声一発だ。

七　この香り、あの味わい

サルデーニャ島の南東端に位置する人知れない港に船を係留して、船上で暮らしていたことがある。港といっても商業港ではなく、漁師達の家が取り囲むようにして建つ小さな湾で、これといった商店も食堂も、映画館も学校も、何もないところだった。

閑散とした港前から延びる舗装されていない一本道をしばらく歩くと、パン屋があった。毎朝きまった時間になると、一番窯《がま》の匂いが潮の香に交じって船を係留していた桟橋の突端まで流れてきた。すると同乗していた船員サルヴァトーレは舳先にある自室の窓から船外へ出て足音も立てずに甲板を通り過ぎ、桟橋を小走りに渡ってパン屋へと向かうのだった。

あの小さな舷窓からいったいどのようにして、と不思議でならず、サルヴァトーレの足音が遠離《とおざか》るのを待って、私は起き上がり舷窓が開いているか確かめに行ったものだ。

暮らしたのは二本柱の古式帆船で、船腹は広かった。できるだけ多くの荷を搭載するためだったのだろう。私が寝起きしたところも船室とは名ばかりで、壁に蝶番《ちょうつがい》で下辺を固定し、上へ押し上げて上辺を金具で押さえてある一枚板が寝台代わりにあるだけだった。朝が来たら板を押し上げて留め、夜になったら板を下ろしマットを敷いて、帆布のカーテンを掛けて目隠しにし眠った。背を丸めなければ頭がつかえるほど天井は低く、屋根裏部屋を思わせた。一日を終えて固い板の上に横になると、枕の向こうには空の代わりに黒い海面が見えた。

雇われ船員のサルヴァトーレは、さらに狭い舳先で寝起きしていた。舳先の形に合わせて備え付けられた∩字型の荷棚の上で、身体を同じく∩字に曲げて寝ていた。

ペットが飼い主に似るように、船員も船に似るのだろうか。彼は固太りだが腹は丸く出て、盛り上がった肩に頭が埋没して堂々とした体軀である。それでも舳先からの細い船縁を獣のようにしなやかに渡り抜け、あっという間に帆を畳んだり張ったりし、風が強まるとスルスルと柱によじ上っては帆綱が散らばらないように結わえたりした。島の漁師の家に生まれ、小学校にもろくろく行かず、それまでの大半を海上で暮らしてきた。海の掟は彼の身体に染み込んでいる。サルヴァトーレは足裏や指先から海の変化を察し、即座に対処した。

毎瞬の必要を手際よく采配する。船上生活はその繰り返しである。

彼は焼きたてのパンを抱えて船に戻ると、再び静かに甲板を通り抜け舳先の舷窓からするりと船内に入るや、エスプレッソマシーンを火に掛ける。クワァーという音を立ててコーヒーが沸き上がってくるのに合わせるかのように、甲板に朝日が差し込み始める。船内にいる私の鼻先に、コーヒーの香りと焼きたてのパン、潮風、朝日を受けて湿気を吐き出す甲板の匂いが流れて来る。一連のあれこれは、毎朝寸分違わず繰り返されるのだった。

朝一番のコーヒーの仕度をするのは、雇われ船員であるサルヴァトーレの役割である。邪魔してはならない。コーヒーが沸き上がるのを待ってから、たった今、目を覚ましたばかりという風に私が船室の扉を開けると、

「おはようございます」

甲板から赤銅色の笑顔で、サルヴァトーレが覗き込む。

舵の前には、救命具や綱を入れた頑丈な木箱が置いてある。その上にクッション

が並べられ、洗いざらしの綿布を掛けた小卓も見える。ワインの木箱を積み上げて作った仮のテーブルだ。淹れたてのコーヒーに焼きたてのパン。ジャムもバターも、ベーコンエッグもないけれど、潮風を掬ってパンに載せ口に放り込む。

サルヴァトーレはもう舳先に戻り錨の鎖を点検しながら、ときどきこちらを窺っている。目が合うと、私は満足そうな顔を返す。

卓上に置かれたパン屋のレシートには、一キロ分の金額が見える。目の前の紙袋には、握りこぶし大のパン二個があるだけだ。残りの九百グラム強はどこに消えたのか。

舳先で揺れている、サルヴァトーレの丸い腹を見る。彼がちらりとこちらを見返す。私はただ会釈して、〈どうも〉と謝意を伝える。

碇泊《ていはく》していても、船は船だ。海の上では、瞬時の隙も許されない。鼻で潮流を知る。首筋に風を聞く。敏捷《びんしょう》な者だけが勝ち残る海の世界で、サルヴァトーレはずっと生きてきた。朝一番のパンは、彼の研ぎ澄まされた嗅覚で手に入れてくる一日の肝心要、といったものだ。

〈うかうかしていては駄目ですよ。あるときに喰い溜めしておかなきゃ〉

船乗りの腹が高笑いして揺れている。

空が薄明るくなり夜明け間近になるとミラノにいようが東京にいようが、サルデーニャ島での数年間、毎朝、栈橋の先から漂ってきたパンとコーヒーの香りがまざまざと鼻先に蘇る。

目覚めて、まずコーヒー。

コンロにエスプレッソマシーンを置いてから、顔を洗いに行く。窓から外を見る。暖房がまだ入らない冬の早朝は、コーヒーが沸き上がるまでに時間がかかる。暗くて長い待ち時間のコーヒーを繰り返すうちに、窓の外は漆黒から群青色へと明るくなり、ぼんやり外を眺めていられる時間も次第に短くなってくる。クワーッ。早々とコーヒーに呼ばれる朝がそのうち訪れて、いよいよ春が近いのだと知る。

最初に沸き上がってくるコーヒーは、どろりと濃い。

北イタリア、ヴェネト州の出身であるマリアは、冬の底の朝、その一番出のコーヒーをスプーンで茶碗に掬い上げ、四杯、五杯と砂糖を加えると、目にも留まらない速さでかき混ぜた。みるみるうちにふわりと泡立ち、やがて薄茶色の香り高いクリームが出来上がった。

「ちょっと入れてみる?」

彼女の兄が作ったという、薬用酒の入った瓶を掲げて尋ねた。ガラス瓶には、近隣に生える香草や木の実が漬け込んである。新芽どきに山や森に出かけて採取し、アルコールに漬けて作るのだという。

マリアの兄は修道院で暮らしていた。兄ばかりか、二人の姉も修道尼だった。村には二本の川が流れていて、よく氾濫《はんらん》した。雨は被害だけを残して通り過ぎていった。一帯には土砂が溜まって層を成し、耕地としては使えない。水害の都度、皆で懸命に盛り土をしては苗を植えるのだが、幾年もしないうちに再び大雨に襲われて、川は一切合切を呑み込みさらっていくのだった。

マリアには七人の兄弟姉妹がいたが、そのうち三人もが聖職者となったのは、両親の信心と神へすがる思いの表れだったのかもしれない。戦後、一家に分割授与された土地は、川のすぐ脇にあった。いい年もあったけれど、ついてない年のほうが多かった。小高いところから、自分達の畑が濁流に呑まれていくのを目にしながらも、

「私達の命が助かったのは、神様のおかげだわねえ」

両親が十字を切るのを繰り返し見て、マリアは育った。

代々地に根を張るように暮らしてきた一家には、他所に親戚や頼れる知人がいるわけでもない。流されたら、片付ける。土を盛り直して、耕す。振り出しに戻って繰り返すだけだ。何度でも。

「一番出のコーヒーは苦いけれど、こうして混ぜるとほら」

鼻先にかざされた茶碗から、濃厚な香りが立ち上る。

私には、土に見えた。どれほどの洪水に遭おうと、きっと残る礎の土に。

続いて沸き上がってくるコーヒーは色付きの湯のようで頼りなく、砂糖で泡立てたそのクリーム状のコーヒーを入れて初めて、奥行きのある味わいとなるのだった。

マリアと最初に会ったのは、南フランスとの国境に近い村だった。

晩夏の夜だった。稲妻が走り、間もなく叩き付けるように雨が降り出した。いよいよ夏も終わりか、と重い空を見ていると、カラカラと派手な音を立てて雷が落ちプツリと電灯が消えた。眼下の国道を走る車のライトが沿道の木々を照らし出すだけで、あたりは闇に沈んでいる。

ロウソクを灯して、さて、私は途方に暮れた。深夜までに日本へ送らなければならないニュース原稿があった。インターネットの黎明期で、電話回線に接続したモデム経由で送信していたが、平常時でさえ繋がったかと思うとすぐに回線が落ちてしまうような調子だった。写真や動画、原稿などを送らなければならないのに、回線が落ちては頭からやり直し、やり直してはまた落ちる。繰り返すうちに夜が明けたのも、一度や二度ではなかった。結局送れず、電話口で文字原稿を読み上げて入稿したこともあった。

その夜の原稿は大至急扱いでしかも長く、予め紙にも打ち出しておいた。もしインターネットが不調なら、ファックスで送るつもりだった。

小降りになるのを待つうちにも、〆切時間は刻々と迫ってくる。

どうしよう。

土砂降りの向こうに、ぼんやりとした灯りが目に入った。駅だ。

駅や病院、港湾警察に行けば、自家発電で電源が使えるかもしれない。

原稿を摑んで車に乗った。ワイパーを最速にしても前方が見えない。前を走る車のテールライトを追いながら何とか駅まで辿り着くと、駅舎に飛び込んで開口一番、ファックスを貸してくれないか、と頼んだ。声をかけた相手がマリアだった。

結構な枚数だったのに少しも厭わずに応じてくれたうえ、

「何かあれば、いつでもどうぞ」

安堵する私に出してくれたのが、砂糖で泡立てたクリーム入りのコーヒーだった。

後日、返礼に再訪するとマリアは歓待してくれて、家で食事でも、と誘われた。穏やかに晴れた日だった。マリアの家は、床まである大きなガラスの開き戸やいくつもの窓から室内いっぱいに日が差し込み、風が流れて居心地のよいところだった。玄関に迎え出たマリアは、

「まだ作っている最中なの。見てみる？」

と、私を台所に連れていった。

銅の平鍋が種火にかけてあり、中で白くぽってりとしたものがフッフッと音を立てている。つきたての餅のようだ。焦げ付かないように、マリアは間断なく木ベラで掬い上げてはかき回している。

自分でも気付いたのだろう、笑いながら、

「私ったら、いつもかき混ぜてるわね」

白くて柔らかなものは、トウモロコシの粉を水で溶いて捏《こ》ね温めたものだった。ポレンタという。長らく小麦粉は高価な食材で、庶民はなかなか口にすることができなかった。彼女の故郷では、そもそも麦は穫れない。そういう一帯の人々にとって、トウモロコシは小麦に代わる重要な主食だったのである。

マリアは、分厚い板の上いっぱいに出来立てのポレンタを伸ばした。

「粗熱が取れたら食べましょう」

湯気といっしょに粉の匂いが儚く漂う。

その甘い匂いを嗅いだ途端、大学生時代に見たイタリア映画の一場面を思い出した。

ベルナルド・ベルトルッチ監督の『1900《ノヴェチェント》』。強烈な映画だった。二十世紀の北部イタリアを舞台に、大農園地主と小作農民の二人が生きた時代を描いた大河物語である。二つの大戦、市民戦争、階級差別と闘争、近代から現代へとうねる時代を通し、友情、恋愛、背徳、尊敬、恥辱、沽券《こけん》、名誉、絶望、希望、正義が点描画のように描き込まれている。

数々の情景の中に、農夫の一家が揃って食事をとる場面がある。

ポレンタが板の上に載っている。いつ捏ねて焼いたものなのだろう。表面は黒く乾涸びてしまい、ハエがわんわんとたかっている。帰宅した父親が手に入れてきた硬いチーズを二、三片、袋から出して食卓へ放り置く。老いた両親と幼な子達は前歯でチーズを一口かじっては、ポレンタを手でちぎって口に押し込む。誰も物を言わない。どの顔も手も、痩せて汚れ、疲れきっている。

ポレンタの上には塩塗れの干し魚が吊るしてある。もう腐っているようにも見える。一家はそれを見るだけで、食べない。干し魚の塩味を想像して、空想の味が消えないうちに大急ぎでポレンタを呑み込むのだった。

「パパ、まだお腹が空いてる……」

あっという間に空になった板を見ながら、幼な子が遠慮がちに呟く……。

マリアに招待されると、夏冬問わず私はポレンタをねだった。白くて柔らかくほんわりと温かなポレンタは、マリアそのものだった。彼女は、旬の野菜の煮込みを付け合わせてくれることもあれば、

「今日はこれだけ」

悪戯っぽく笑って、わざとかちかちのチーズを添えて出したりした。

薄暗い店内を見回すと、古い梁の間には美しい聖人や花鳥の絵画が見える。木製のテーブルや椅子、額縁には、凝った模様が彫られて重厚だ。かなりの年代物だろう。深紅色のガラス玉が雫のように垂れ下がるシャンデリアが、各テーブルの上方に吊るされている。赤く染まった光と影がプレスの利いたテーブルクロスに揺らめいて、店内をいっそう厳かに見せている。

熟年の給仕長は黒いスーツに蝶ネクタイを締めて、私達のテーブルから少し離れたところで待機している。

「それでは」

上座に座った招待主が小声で合図すると、四、五人の給仕達が揃って早足で厨房へ入っていった。給仕長は背を伸ばして立ったまま動かず、目の端で皆の動きを追っている。外からは、低く生演奏が聞こえてくる。窓いっぱいに広がるのは、夜のサンマルコ広場だ。

そこは、ヴェネツィアで最も由緒あるレストランだと聞いていた。その夜の客は、私達のテーブルも含めて外国人だけのようだった。

料理を持ってテーブルをぐるりと囲むように背後に控えていた給仕達が息を合わせていっせいに卓上に差し出したのは、細長い板である。縦一列に、ひと口大の料理が三種類、盛ってある。

店内が暗くてよく見えず私が料理に顔を寄せようとすると、

「ヴェネト料理を代表する、〈ポレンタづくし〉でございます」

窘めるように、冷ややかな眼差しで給仕長が説明した。

一種類目はポレンタの中に生クリームを絡めた貝と小エビが小さじ分詰めてあり、

二種類目はトウモロコシの実を混ぜたポレンタを親指の頭ほどに三角に固めたもの、三種類目は薄く伸ばして焼いたポレンタにひと筋のアンチョビとオリーブの実が載せてあった。

パク、パク、パク。三口で食べ終えてしまう。

〈パパ、まだお腹が空いてる〉

あの場面が浮かんだ。

その若い男は、実によく喋った。

「従兄弟《いとこ》がお宅の近くに引っ越していくことになりまして」

と、北部ピエモンテ州に住む知人から頼まれて、引っ越しの片付けが済むまで彼をときどき食事に呼ぶ約束をしていた。

やっと二十代になったばかりという年恰好で、うちに来る友人達より二回りも三回りも若い。年上に囲まれて気後れするのでは、と、心配したが取り越し苦労だった。端から彼は年配者達の話を両側に押し退《の》けるように割り込んでくると、意気揚々と自己紹介を始めた。

「僕、ギタリストです。ピアノもＯＫ。調律が現職だけど、将来は演奏家として生きていくつもり。バッハは前衛的でしたよね。ところで、『百年の孤独』はどう読みましたか？　最近の左派はなってないよな。そうそう、『塩と胡椒』の最新号に出ていたレシピだけど……」

息も継がず、こちらからあちらへとヒラヒラと舞うように話題を変え、しかしどの話も唐突で焦点はなく、その上やけに自信に満ちた話しぶりなので、同席した人達は相槌《あいづち》や口を挟むタイミングを逸している。気が付くと、食卓は彼の独演会となっていた。

初めのうちは皆、新入りの饒舌ぶりを面白がっていたものの、二度三度と席を重ねるうちに、

「アイツ、今晩も来るの？」

食事前にうんざりした声で、友人達から様子伺いの電話が入るようになった。

ほんの数回のこと、と私はそれほど気にしていなかったが、やがて招待しなくてもやってくるようになり、そのうち卓上の塩と胡椒セットのように常にテーブルに着くようになっていた。知人の親戚に向かってすげなくするのも気が引ける。何度か食事を共にするうちに、魚介類が苦手らしい、と知った。

寿司、刺身。焼き魚に青背の魚の酢〆《すじめ》、と続けて出してみる。

彼は食卓に着くと、〈またか〉という顔で、オイルを垂らし塩を振った白米とパンだけを口にした。

魚料理に、自然と足は遠のくだろうか。

その夜、今日は煮魚でも、と仕度をしているところに青年はやってきて、平然と卓に着いて上機嫌な様子である。

彼は持参したガラス瓶を持ち上げると、

「どうです、味見しますか？」

と、訊いた。中には塩とオイル漬けのアンチョビがぎっしりと詰まっていた。

北部の鄙《ひな》びた山間の村で生まれ育ち、海産物といえば、干したタラと塩漬けのアンチョビくらいしか食べ馴染みがなかったのである。

その夜、煮魚を食べる私達と並んで、彼は塩辛いアンチョビを半身ずつ口に入れては大量の白米やパンを頬張り、水を得た魚の如くそれまでよりも張り切って喋った。

「これ、次の食事用にここへ置いていきますから」

よろしく、と、まだアンチョビがたくさん詰まったガラス瓶を卓上に残しほっとした顔で帰っていった。

「母が来るので、食事でもどうですか」

久しぶりにルーチォから電話があった。彼がまだ大学生だった数年前に、共通の友人を介して知り合った。ミラノの郊外に住んでいる。

卒業したら北で就職する、とルーチォは張り切っていたが、これといったコネもない地方出身者が都会で勤め先を見つけるのは容易ではなかった。ありとあらゆるところに履歴書を送ったものの、なしのつぶて。飛び込みで会社訪問もしたが、うまくいかない。正規雇いではない短期の仕事をしながら、チャンスを窺っている。それでも何とかミラノで暮らせるのは、恋人のおかげだった。

同い年の恋人は、小さいながらも事務所勤めをしていて稼ぎがある。幼馴染みで、長い付き合いだと聞いた。そもそもルーチォがミラノに出てきたのも、ひと足先にミラノで就職していた彼女と離れたくなかったからだった。もちろん同棲している。好きだから。生きるために。親には内緒だ。二人の故郷はシチリアなのである。

私に電話をしてからしばらくして、ルーチォがあたふたとやってきた。

「突然、ミラノ中央駅から電話をかけてくるんだから」

まいるよなあ、と慌てている。母親は黙って出てきて、息子を驚かせたかったたのだろう。

これから駅まで迎えに行ってくるから、と、ルーチォがうちに置いていったのは、大きなスーツケース二個と恋人だった。

楚々とした可愛らしい女性で、若いのに落ち着いている。ルーチォは真面目で几帳面な青年だが、若い男性の一人暮らしで靴下からシャツまで色も揃え、あれほど身ぎれいにしていれば、母親ならばひと目でピンと来るだろう。

「想像しているうちと、事実を自分の目で確認してしまうのとは、別のことですから」

若いシチリア女性は肩を竦めた。

皺にならないうちに衣服を出すのを手伝おうと、彼女が開けたスーツケースの中を見て私はびっくりした。ビニール袋に入った干しトマトや瓶詰めのトマトソース、生のシチリア産ナス、オリーブオイルに缶入りアンチョビがびっしりと詰まっていた。どれも自家製のようだった。それぞれ密閉してあるのに、スーツケースからは甘くて塩辛いシチリアの匂いがひと束になって流れ出てくる。シチリアの両親は、北に住む親戚や知人を介して娘に地産の食材を送ってくる。ルーチォと暮らしていることは、彼女も親には明かしていない。

「それでも、届く分量と頻度がずいぶん増えました」

両親にはすべてお見通しである。どうあっても、娘に健康で暮らしてほしいという、親の心遣いが食材に詰まっている。

同郷どうしなのだ。彼の母親がしばらく滞在するのなら、郷里の食材はそのままアパートに置いておけば便利だろうに。

「それぞれの台所に、それぞれのアンチョビにトマトソース、オイルがありますので」

ルーチォが駅まで出迎えに行ったのは、母の味を満載した重いスーツケースを運ぶためでもあるのだった。

八月に入ったばかりの早朝に、車を駆って南へ向かう。ミラノから小一時間も走ると、周囲は見渡す限りの農地だ。高速道路を下りて入った県道は、大地を二つに分けるようにまっすぐに延びている。前後を大型運搬車に挟まれて行く。対向車線にもトラックが数珠繋ぎで走っている。どれも巨大な箱形の荷台を引いている。箱の縁から赤い山が見える。トマトだ。かなりの速度で走るトラックの荷台から、ときおりトマトがこぼれ落ちる。県道が赤く染まっているのは、収穫最盛期のいつもの光景である。

穫れに穫れる。家の中も外も赤い色に埋もれている。

友人は張り切っている。もう七十に手が届く彼は、夏が盛りを越える頃から数度に分けてトマトの水煮を作る。

彼は、農地と空しかない一帯にある古い農家にずっと一人で暮らしてきた。大農園領主の土地が分割されたときにそこそこの広さを与えられたが、「自分には管理できない」と、土地の持ち主がこの友人に世話を頼んだのだった。

頼まれた当時、田舎家は瓦解寸前だった。敷地内には家屋の他にも農具置き場や藁《わら》の備蓄庫、豚小屋に果樹園、深い地下室まであり、そのどれもがひどく傷んでいた。友人は家の事情から妻帯しそびれて、中途半端な年齢を持て余しぼんやりと暮らしていたところだった。

「家も畑も家畜も藁も、好きなように使ってくれればいい」

管理の謝礼に、と、持ち主は友人に託したのだった。

彼は、忘れ置かれたその家と土地を娶《めと》ったようなものだった。以来、懸命に尽くし、丹精して育て、丁寧に暮らしている。律儀なので任された土地から穫れるものはすべて持ち主に届け、それでも溢れ余り、一人では使いきれず友人達と分け合う。

それで、毎夏恒例のトマトの水煮作りなのだった。

さて朝の八時にもならないというのに、中庭にはもう十数人が集まっている。見知った顔ばかりだ。晩夏にトマトで会い、初冬には豚肉で再会する仲間である。酪農家にワイン農家、宿付き食堂、ソーセージや手打ちパスタ工房に養鶏業……。村の職業別電話帳を繰るような顔ぶれが揃う。それぞれが自慢の産品を持ち寄って、トマトの山を和やかに囲んでいる。

天地から得たものは、自然に返す。

華々しいトマトの赤が、聖なる大地からのご馳走をまとめて結うリボンのように見える。

しかし真の神饌《しんせん》は、ワインでもチーズでもハムでもない。そこに集まった、この地で働く人々の健やかな夏の顔である。

厨房から料理人が出てきて、テーブルを回って挨拶した。

「盛大なるトマトフェスティバル、でしたね」

感想を問われてフィレンツェ生まれの高名なデザイナーは、料理の出来を褒めながらも皮肉っぽく付け加えた。フィレンツェの人達には、辛口が多い。厳しい言い

方を気にしなければいいけれど、とまだ若い料理人を見やると、平然としている。それどころか、背筋を伸ばすようにすると、

「本日は、私の母のレシピをご賞味いただきありがとうございました」

強い南部のアクセントで、余裕しゃくしゃくで返した。

東京に開店したばかりのレストランをデザイナーと訪れていた。北イタリアの名だたる老舗が、アジアで初めて開いた店だった。デザイナーは、ミラノ近郊にある本店の常連だという。ちょうど日本に居合わせたので、話の種に訪ねてみることにしたのである。

北イタリアの本店は、斬新なレシピで名を上げていた。長らくイタリア料理といえば地方ごとの多様さが特徴であり、時代が移っても味覚は土地に根ざして揺らぐことがなかった。ところがその本店では、確かに食材はイタリア産に違いないのに仕上がりはどこにも属さない自由な料理を作り、保守的だったイタリア料理に新風を吹き入れたのだった。

金粉の掛かったリゾット。フォークひと刺し分のフィレ・ステーキ。色とりどりの野菜に異国の果物を取り交ぜたサラダ。皿の模様を透かして見せる、生魚の薄切り。魚介類とチーズを合わせる冒険。

常に新しい発想で創作をするデザイナーは、その店の味覚への挑戦に自分と似たものを見ていたのかもしれない。

〈きっと日本とイタリアを融合させた、前代未聞の創作料理が出てくるに違いない〉

期待いっぱいで出かけた東京の支店だった。

過剰な装飾のない、上品な雰囲気の店内である。

前菜は、まずは四、五種類の貝のワイン蒸し。脇には茹でたトマトが添えてある。小ぶりの魚介類のトマト煮。ミニトマトの甘い汁が、濃い目のオリーブオイルと絡みしっとりしたソースになっている。ひと口ずつのフリットは、イカありナスあり。未熟のトマトの輪切りは、薄くパン粉を叩《はた》いて揚げてある。カリッとした衣から酸味の汁がほとばしり出る。

「お口元を少し休ませてください」

出されたのは、トマトとモッツァレッラチーズにバジリコの葉を合わせ、オリーブオイルをたっぷりと掛けたサラダである。

このあたりからデザイナーは、腑に落ちない顔付きになってきた。

銘々皿に置かれた素焼きのピッツァからは、すぐそばに窯があるような芳ばしい香りが立っている。イイダコとウズラ豆を具にしたリゾットは、薄桃色に染まっている。トマト味がベースなのだ。小ぶりの天然もののタイの姿焼きは、実にシンプルである。取り分けていくと、タイの下からジャガイモの薄切りが現れた。その細長い形状から南部産に違いない、干しトマトのほのかな甘酸っぱさが魚の味を引き立てている。

生だったり、濃縮だったり。干して、煮込んで。

どの皿にもトマトがあり、どの食材もトマトに盛り立てられるように、持ち味以上の滋味を出した出来上がりだった。それはちょうど、母親の応援を受けて懸命に徒競走を駆ける子のようだった。

釈然としない様子で食べているデザイナーを横目に、私はどの皿も最後の一滴まで残すまい、と素焼きのピッツァでトマトと食材の交じり合った汁を拭い上げた。

後日、甘い南イタリアのトマトの味が忘れられずに再訪してみると、件の若い料理人はもういなかった。試験採用中だった彼は、本店の許可なく自分の味を作って出していたのだ、と聞いた。

南仏との国境際に着いた。向かう山を越えれば、もうフランスである。海と別れ、山側に折れて走り続ける。道沿いにポツポツと家屋が建つだけで、あとはさみしい風景が続いている。前方に川を携えるように円錐《えんすい》状の小さい山が現れたので、いったん休憩することにした。

クリスマスにはまだ遠い。夏には海水浴に飽きた観光客達が、涼を求めがてらこのあたりまで足を延ばすこともあるのだろう。数軒の宿屋やそこそこの食堂があるようだ。賑々しい看板ばかりが目に付く。下ろされたシャッターは土埃に塗れている。

遠くからは岩山に見えたのが麓に着いてみると、険しい斜面にしがみ付く家々を抱えた、山丸ごとの村落なのだった。

一帯は、海から上がってきたサラセン、オスマントルコなどの異教徒達が北ヨーロッパへ向けて侵攻していく通り道だった。続々と襲ってくる敵を恐れ、住民達は岩山の上へと逃げ、岩肌と見紛う石造りの家に身を潜めた。できるだけ高い山を選んで移り住んだのは、そこから遠方までを見渡し敵の足取りを見張るためだった。村の道は人ひとりが通れるかというほど幅狭で、曲がりくねっている。攻め入った敵は、細い迷路に足を取られて路地裏で立ち往生する。住民はそこを狙って、家の中から敵に煮え湯や油を浴びせた。

冬の早い日暮れに石の集落はすっかり影に隠れて、静まり返っている。どこかが家でどこからが岩肌なのか、見分けが付かない。暗がりに身を潜め、闇でじっと息を詰める小動物のようだ。

道沿いに駐車して、恐る恐る路地へと入っていく。聞こえるのは、自分の足音だけである。冬の日差しは低く、そこまで差し込まないのだろう。地面は湿気で光り、敷石の間や壁の下には黒くカビコケが生えている。山が深くただでさえ寒いのに、ときおり岩の集落に打ち当たりながら路地を吹き抜けていく風は氷のようだ。

帽子で耳をしっかりと覆《ぶ》いその上からコートのフードを被って、足下に用心しながら歩く。人通りがないどころか、誰かが住んでいる気配がしなかった。ここにいるのは亡霊だけなのか。

暗がりにぽうっと灯りの洩れる窓が見えた。〈T〉と白抜きの字が記された看板は、煙草店である。かつては塩も売った。専売公社が独占で塩と煙草を売っていた名残である。塩を携えて旅することは禁じられていた。各地で塩を買い、その地の自治体へ納税するためだった。店は村の際に建ち、すなわちイタリアの国境に建っていた。迎え入れ、送り出す。視ている。おそらく村でただ一軒、冬でも営業している店なのだろう。

こんばんは。

ドアを入るとすぐ正面にさまざまな新聞や雑誌が置かれてあり、その奥に座っていた店主と目が合った。ピントのずれた絵葉書は埃まみれで色が褪せ、前時代の風景のように見える。店に入った途端、タイムマシーンで時空を飛び越えたようだ。

黙ったままこちらを見もしない店主に、開いている食堂はないか声をかけてみた。国境を越えてもそこで何が見つかるかわからないし、イタリア側で軽食でも済ませておいたほうがよさそうだと思ったのだ。

店主は少し考えてから、

「簡単なものでよろしければ、うちでもご用意できますが」

顎をしゃくり、目線を店の隅へ泳がせた。そこには、二人掛けの丸いテーブルと椅子があった。

助かった、と喜んで座る。芯まで冷えきった身体が少しずつ温まり始める。

給仕するのは、もちろん店主である。作るのも店主なのだろう。メニューはない。そう言ったからには、せめてパンくらいはあるのだろう。具は任せるのでパニーニを、と頼んだ。

煙草も雑誌も、そしてレジも放り置いたまま、彼は店の奥に引っ込んだかと思うと、すぐに皿を手にして戻ってきた。皿には、〈スリッパ〉と呼ばれる細長い楕円形のパンが一個、載っているだけである。何の具も挟まれていない。

素のパン、か。

不意を突かれて店主を見上げると、

「裏山で穫れた自家製です」

と、オリーブオイルの小瓶と塩を置いた。

照れ臭そうにしながらも目は実に誇らしそうに輝いていたので、二つに切り分けたパンの上にオイルをたっぷり掛け塩を振り、彼の見ている前で頬張った。パンを嚙み締めると、オイルからじわりと山の味が沁み出る。塩は海。硬いパンの表皮は嚙み応えがあり、岩だらけの村のようだ。吞み込むとすぐ、空腹が治まった。

イタリアの北の端で独り皿の上のオイルと塩を拭いつつ、パンで一日を締め括る。五臓六腑に染み渡ってきたこれまでのイタリアの味をひとつずつ反芻《はんすう》する。

八　巡り巡って

降りしきる雨を見ている。そのうち霙《みぞれ》に変わるだろう。三重のガラス窓をすり抜けて、しんしんと室内まで冷気が入り込んでくる。

秋に降り始めて、春まで上がらない。ミラノ。


大学を出てからずっと、自分にとってのイタリアは南部だった。街並も人も物事の仕組みも旧態依然としていて予定通りに物事は進まないことが多かったが、たいてい空は晴れ渡りのびやかな時間があった。大まかな分、人を締め付けることもなく居心地がよかった。

仕事を始め、やむなく北のミラノに暮らすようになった。初めのうち曇天は気怠い熟女を観るようで興味深かったが、そのうち退屈し、やがて鬱陶しくなった。

ニュースのネタを探して方々を歩き、見回しては立ち止まり、人とやり取りし、帰路に就く。そういう毎日に雨が降る。ショルダーバッグをたすき掛けにして、カメラは内側のポケット、切符はレインコートのポケットに入れ、手が自由になるようにして出かけるところに、風も吹く。するとたちまち背中も肩も濡れそぼり、雨水は膝下まで滲み上がってくるのだった。

〈湿った中で見聞きすることと、晴天の下とでは違いがあるはず〉

澄み切ったイタリアも紹介しなければ、と濃霧に包まれながらしばしば考えるようになった。

黒い事件簿ばかりが溜まったある冬、思い立って各地の降水量と冬の平均気温を調べてみた。これまでに行ったことがあるところを順々に思い返す。

島嶼部は、太陽は近いが電波の遠いところが多い。

そうかといって南部とはいえ都会のナポリでは、朝からいきなり波瀾万丈で仕事に入る前に疲弊してしまうだろう。

その近くのソレントにアマルフィ、カプリ島、イスキア島やプロチダ島はどうだろう。

藍色の海。赤紫色のブーゲンビリア。昼下がりの木陰の談笑。野生のオレガノやタイムの草いきれ。船の遠い汽笛。白い波打ち際。

聞き惚れ見とれているうちに、仕事などどうでもよくなるに違いない。過ぎたるは及ばざるが如し、か。

次に、半島の踵《かかと》あたりのレッチェから海岸線をバーリに向かって北上してみる。威風堂々のバロック建築。誇り高く、しかし面倒見のよい人々。石を積んでできた古い家屋が並ぶ、アルベロベッロ。海にそそり立つ断崖を縫って建つ純白の町、ポリニャーノ・ア・マーレ。内陸にざわめく麦の穂。焼きたてのパンの芳香。オリーブの葉が銀色に光る。黒みがかった赤ワイン。すべてを包む広い空。

申し分ない気候や自然に恵まれているものの、プーリア州という人影もまばらなあの広大な地で、興味深い話をしてくれるような誰かをどう見つけようか。車を駆って、アドリア海から内陸を一直線に貫きティレニア海側に辿り着くも、結局は空手ですごすごと引き返す自分の姿が目に浮かぶ。

「リグリアはどう?」

南部では仕事にならない、としょげる私に、同僚が言った。現場から現場への、報道カメラマンである。二十年余り前にイタリアで携帯電話が出回り始めたとき、試しにかけ合った仲間だった。事件に突進していく彼のようなカメラマンと、中継地点までその特ダネを受け取りにいく私のようなニュースの仲介業者と、警察に葬儀屋くらいしか、当時は携帯電話を持っている者はいなかった。互いに各地を点々と移動し、根を張る地を持たず、自分の身が拠りどころ、という生活をしてきた。

その同朋が、リグリアへ行け、と勧める。

リグリアは東西に長く南北に幅狭の州である。東端でトスカーナ州と繋がり、西端には南仏との国境がある。

「ミラノから車で二時間ほどだし、国境を越えればフランスのニースにマルセイユ、そのまま走り続ければスペインだ」

陸、空、海路と揃って出発に便利、というのが勧める理由だった。

出発するために住む、か。

かつてリグリアの港町まで、そのカメラマンが撮った特ダネを仕入れに行ったことがあった。クリスマス間近だというのに綿シャツの袖をたくし上げ、日焼けした顔にミラーサングラスで現れた彼を思い出す。

海水浴シーズンが終わるのを待って、西リグリアを訪ねてみた。市境を越えても、景色は変わらない。山と海に挟まれた長細い土地に鉄道が通り、その両脇に低層の集合住宅が並び建っている。

海。遊歩道。キオスク。バール。木陰。バス停。ベンチ。

この繰り返しが、ずっと続く。

人々の足取りはのんびりしている。向から先に予定のない散歩。腕を組んで歩くのは、寄り添わないと先へ進めないからである。秋の海沿いは老人でいっぱいだった。

日溜まりの光景を眺めながら、自分のこれからを予習するようなものか、と思った。

ほどなく引っ越しを決めたリグリアの家は、山の中腹に海に向かって建つ集合住宅の一軒だった。建て売りの別荘で、夏が終わると住人達はミラノやトリノに戻ってしまい、私一人が残った。敷地内に見晴らしのよい空き地があり、そこへ椅子とテーブルを出して、空と海と山を相手に一日の大半を過ごした。

リグリアからほど近いカンヌでの映画祭やモンテカルロの公室行事の取材からミラノに戻る道すがら、カメラマンや記者、評論家達がふらりと立ち寄るようになった。青天井の事務所で卓を囲んでは、「ちょっと一杯」が「ヴォンゴレ《あさり》・スパゲッティでも」となり、そのうち「二時間かけてミラノまで戻って、商談に駆けずり回るよりは」と、撮りたてのスクープを売り込み始めるパパラッチもいた。

それまで同じ市内に住んでいながらミラノの忙しなさに流されて滅多に会えなかった人達が、リグリアには気易く訪ねてくるようになった。それも、空と海と山からの恵みだったのだろう。

もともと雨の少ない地域であるうえに、その山は朝から夕暮れまでずっと日当たりがよかった。入り江の奥に位置しているため凪《なぎ》は長く、裾野から頂までオリーブや海松、四季ごとの花、野生の香草が密生した。

毎朝、新聞を買いに国道へ歩いて下りていく途中、熱心に草むしりをする女性に会い、そのうち話をするようになった。道からは見えなかったが、鬱蒼《うっそう》とした繁みの奥に建つ家に住んでいるという。

「朝、草抜きを済ませてから、あそこまで勤めに出るのです」

雑草の向こうに入り江が延びる、その突端を指差して言った。岬の小学校で教師をしているという。

彼女を介して、両隣の山、麓の町、と少しずつ知人が増えていった。学校に招かれて生徒達と仲よくなるうちに、地域の年中行事や子ども達の誕生日会にも顔を出すようになったからである。都会と違って、美術展も音楽会も新作映画も来ないその町では、身内の慶事や季節の催しが唯一の娯楽なのだ。ふと気付くと宴席や芝生に広げた敷布の上に赤の他人と座り、いっしょに飲み食いをしているのだった。

「あそこにはドイツ人女性が暮らしているの」

ある朝いっしょに麓まで下りていくとき、教師が岬の後方にある山を見ながら言った。もう相当の年齢で、リグリアに引っ越してきて以来ずっと一人暮らしらしい。広い庭のある家に住み、東洋通だという。

「いっしょに訪ねてみない？」

ざわ、ざわ、ざわ。

山風に海風に、葉がなびく。

広い庭、と聞き、芝生に噴水、左右対称の手入れの行き届いた花壇や生け垣を想像していたが、訪ねた先は深い森だった。敷地は一応、鉄柵で囲まれてはいるものの子ども騙《だま》しのようなもので、簡単に乗り越えて中へ入ることができそうだった。

呼び鈴を押してしばらくすると、落ち葉の入り交じった砂利を踏む足音がして、緑の奥から家主が姿を現した。

骨張った身体にジーンズとフェルトのシャツを合わせ、

「いらっしゃい」

形ばかりの鍵を解いて、私達を招き入れてくれた。

枝先が空に伸び、風を受けて右へ左へと波打っている。見渡す限り、竹一色である。

ドイツで家主が医師として働いていた頃、夏の休暇にアジアへ行った。剛直な茎を自由にしならせる竹は、風に身を任せていかにも心地よさそうに見えた。職務への責任感と疲労で、自分自身が折れそうになっていた頃だった。

「以来ずっと、竹に囲まれて暮らしたいと思っていたのです」

職を退いて温暖なリグリアに移り住み、少しずつ竹を集めた。

そこでは、夏前になると一日一メートル近くも竹が育つという。青空に一直線に伸びる先を見ていると、そのまま自分も天へ昇っていくように思う。

一帯には花栽培をする農家が多く、斜面にはあちこちに温室が見える。毎朝、専門市場で苗木や種、切り花が卸売りされる。小学校の教師とドイツの老婦人は、その花市場で知り合った。

岬の小学校から山の裾野まで歩いてもたかが知れている。元医師は小学生達を庭に招いて、ドイツ訛りのイタリア語で一生懸命に植物の話をした。それは、生命の話でもあった。花栽培の家の子も多く、市場に珍しい竹の出物があると親達が買い付けて、「御礼の代わりに」と届けてくれるようになった。

竹林は背後の山まで広がっている。異国で一人暮らしをする彼女を竹が囲んで守っているようだ。

帰路、小学校の教師がふと言った。

「敷地周りの鉄柵が低いのは、好きなように竹を持っていってもらうためだそうよ」

知らない土地に根を張り、風に任せて左へ右へ竹は揺れている。

初夏の夕方ミラノの中心部を歩いていると、屋敷街のある建物の玄関扉が開いていた。高さ四、五メートルほどもある観音開きの扉は重厚な木でできていて表面に模様が彫り込まれ、美術品を見るようだ。

ふだんこの通りの建物の扉が開くのは、車の出入りがあるときぐらいである。中はどんな様子なのだろう。畏る畏る覗き込み、一歩二歩。

すると、たちまち玄関の横にある門番控え所の窓が開いて、

「何のご用件でしょう?」

中年女性が低い声で慇懃《いんぎん》無礼に呼び止めた。

へどもどしていると、わかった、と仏頂面のまま手を振って、

「奥へ進んで、右ですからね」

それだけ言うと、ぴしゃりと音を立てて窓を閉めてしまった。

門番の勘違いか。これ幸い、と私は中庭を堂々と横切り奥へ進んで、驚いた。

中庭に面した一画にあるモダンなガラスドアが開け放たれていて、大勢の人が出たり入ったりしている。どの人もこれから重要な夕食にでも出かけるような気の入った身繕いである。入り口で立ち話をする数人があり、花束や菓子包みを手にしている人も見える。

華やかな雰囲気に気圧《けお》されている私に、入り口に立つ女性が、こちらへいらっしゃい、と手招きした。招かれて階段を数段下りると、板敷きの間が広がっている。間仕切りも柱もない。高い天井近くに風通しのための小窓が並び、磨りガラス越しに初夏の日を取り込んで明るい。むき出しの古木の梁が延びる天井は、ところどころあえて白漆喰《しろしっくい》を塗り込まずに土台の赤煉瓦を見せている。それで新旧のメリハリ

が付いて、半地下が活き活きと見えるのだった。

そこは画廊だった。展覧会の初日らしい。草色のテーブルクロスが掛かった小卓が会場のあちらこちらに置かれ、その上に乳白色の花瓶に藤色や白といった控え目な色合いの小花が合わせ活けてある。

展示されているのは、日本の竹細工である。さまざまな種類の竹を交ぜて編み上げた大ぶりの花籠や盛り皿が、一つずつ台に置いてある。展示台の周りには十分な空間が取ってあり、人々は一周しながら立ち止まっては顔を寄せて竹の静かなる躍動に見入っている。

脇を通り過ぎていった人の後にふわりと、ひと香り漂った。

目を上げると、桑茶色の着物の後ろ姿があった。ほっそりと背が高く、緩く結い上げたうなじは白髪交じりで燻し銀のようだ。着物の裾から肩にかけて、数本の竹が描かれている。灰青色の地に華文《かもん》柄の帯を合わせ、竹模様に勢いを加えている。

三々五々訪れる人々が近づいていっては、その女性に挨拶をしている。誰彼なしにほどほどの笑顔で応じ、背筋を伸ばして凛としている。裾からは横ひと筋に、純白の足袋。立ち姿が竹と重なる。

端麗でそつのない応対の様子から、画廊主だと知った。彼女はイタリア語とフランス語の間を優雅に往来し、ときどき英語に立ち寄ったかと思うと、控え目な調子で日本語で話している。

会場にいた人達は皆、展示品よりも彼女のほうを熱心に見ているのだった。

「亡くなった母は、絵の上手な人でしたの」

数日して私は再び画廊を訪ね、展示作品に合わせた裾模様の配慮の心憎さを褒めると、女主人の昭子さんは嬉しそうに返した。口紅も差していないのに華やぐ面立ちで、耳の上にまとめ上げた髪に大ぶりのトンボ玉のピアスがよく似合う。

竹のこと。草花のこと。絵のこと。

画廊前の庭に椅子を出し、テーブルの上に揺れる木漏れ日を眺めながら四方《よも》山《やま》話をする。

「かれこれもう半世紀以上もヨーロッパにおります」

ややもすればイタリア語のほうが先に口を衝《つ》いて出る彼女は、国際機関で働く父親に付いて日本を後にして以来ずっと、ヨーロッパ各地に暮らしてきたという。

たわいない雑談から、次第に遠くへと思いは飛んでいく。

ジュネーブでの暮らし。学校のこと。「私は四人きょうだいの末っ子で」。多忙でなかなか会えなかった父親。お土産のチョコレート。関西生まれの母親。淡い味付け。ひび割れしてしまった漆塗りの重箱。ルガノでの新婚生活。別れて、ロンドン。一人暮らし。ミラノ。雨。

今のことを話してみたり、昔のことを聞いたり。こちらからあちらへ。ハンモックで揺れるようでもあり、ボートで波間に漂うようでもあった。

過去にも現在にも、仕事でも私生活でも、私達に接点はなく、おしゃべりは気楽だった。彼女の日本語は古めかしいけれどたおやかで、私の知らない日本と会うような気がした。

秋も深まった頃に、昼食に呼ばれて昭子さんと再会した。

「長くお付き合いしていただいています」

その席で日本人女性を紹介された。

会釈のとき前に重ねた手元が華奢《きゃしゃ》である。目尻の皺で大きな目にいっそう深みが増して見える。

「敬子と申します。八十と少しになりますの」

自己紹介したその人は高く朗らかな声で、あらまあ、それで？　驚きますこと、本当に！　お見事ですわねえ、と、絶妙なタイミングで目を見張るようにして昭子さんと私の話に相槌を打った。大向こうから声をかけられるようで私達はすっかり嬉しくなり、初めての顔合わせにもかかわらずおしゃべりは弾んだ。

「まだうかがい足りませんので、ぜひうちにいらっしゃいませんか」

そろそろ、と席を立ちかけたとき聞き上手の敬子さんが誘った。喜んで、と私が調子よく住所を問うと、

「ブエノスアイレスの……」

言いかけてから、

「ミラノのブエノスアイレス通り、ではなくて、アルゼンチンの、ですよ。ミラノの冬から逃げていらっしゃいな」

店の外には晩秋の雨が降り出している。

ブエノスアイレス。アルゼンチン。南米。地球の反対側。

頭の中で地球儀を回し、未踏の地をなぞってみる。

「あなた、こんなチャンスは滅多にないことですよ」

誘った本人が茶目っ気たっぷりに重ねて言うと、

「早めに行っておかなければね」

先輩に悪戯っぽくウィンクしながら、画廊主が返した。

二人は大笑いしながら、早速テキパキと携帯電話を繰りカレンダーを確認し始めた。

私は、前もって念入りに計画を立てるのが不得手だ。ニュースのネタに先導されて暮らしてきたせいかもしれない。予定はいつも未定だった。事件は突然やってくる。前触れなくやってきたブエノスアイレスは、まさに事件だった。

行こう。

周囲も今度ばかりは驚いた。しかし一番びっくりしたのは、自分だった。

大先輩、先輩、若輩で、ブエノスアイレスを歩いている。

遠い異国まで祖国の一片に摑まってやってきたような、不思議な感覚である。先輩二人は旅慣れしている。人には頼らない。しかし、気を配る。その心配りを気付かせない。暑いなあ、と思うと、現地に詳しい大先輩が手を挙げている。見ると、マテ茶を積んでリヤカーを引く露天商が止まっている。「あなたも要る？」最初に「ああくたびれた」と大げさに音を上げてみせるのは、先輩である。まだ若いのにしょうがないわねえ、と大先輩が渋々という振りをして喫茶店に私達を連れていく。

二人に連れられて、私はオドオドしている。

どこに焦点を合わせていいのかわからない。ブエノスアイレスは今なのに昔で、古いのに新しく、大都会なのに大樹が突如目の前にそびえ立ち、四車線、六車線があるかと思うと、袋小路に入り込むのだった。

「この屋敷はロンドン。あの窓はパリ。ミラノの大通り。劇場はローマ、いやウィーンかも」

年上の二人はあれこれと品定めするようにブエノスアイレスを眺めつつ、景観に潜む他所の光景を透かし見ている。自分達が各地で過ごした時間を今に引き寄せて、反芻している。

街並は、ヨーロッパ各地の風景を少しずつ切り取って並べたかの如く多様である。ヨーロッパのさまざまな過去が切れ端になり、繋ぎ合わさってできあがった町だ。一端からほつれ出る糸を辿ると、どこへ辿り着くのだろう。

空が高く風抜けのいいブエノスアイレスを、改めて見回してみる。どの地にも似ていて、どの地でもない。

「私達みたいだこと」

祖国を後にして世界を旅してきた二人が、からりと笑う。

もうもうと土埃が上がり、道幅いっぱいの大型バスや貨物トラックが行き交う地区に着いた。生臭い風が吹いている。港だ。

いくつかの貨物倉庫は、かなり古いのだろう。朽ちて、船着き場の近くに立ち尽くしている。湾の奥には、褐色に錆《さ》び付いた鉄橋が見える。新しい倉庫街だろうか、遠くの空の下には、赤白の貨物用クレーンがいくつも突き出ている。

港前すぐから店舗や住居が建て込んでいる。建物は、赤に黄色、ピンク、青や緑色で塗られてけばけばしい。窓枠やドア、屋根は、それぞれが壁の色とは反対色で塗装されている。貨物港に積み上げられる、色とりどりのコンテナを思わせる。

「アルゼンチンに住む人の半数は、イタリア系なのですよ」

敬子さんが教えてくれる。

港近辺には、リグリアやヴェネトから移民が住み着き働いたという。

イタリア半島には、痩せた土地のほかには何もない地帯があった。今もある。住民はひもじい思いをして育ち、さらに食い詰めて、未来を探しに他へ移った。命を張った旅だった。とりわけ南米には大勢の人々が渡った。

ブエノスアイレスのこのラ・ボカ港は、イタリア移民にとって夢への入り口だった。貨物船の船底や甲板に荷袋同然に積まれて大洋を渡り、港に放り出される。彼らに職能はない。あるのは、物を運ぶ腕力だけだった。寝るところもない。飲み食いできる当てもない。陸上げされた魚のように港に転がり、寝起きする。目が覚めると即、人足だ。船荷からこぼれ落ちた穀物や粉を拾い集めて食い繋ぐ。海はさまざまな物を連れてくる。海の掟で、漂着物は見つけた者の所有となる。流れ着いた移民達が、ブエノスアイレスに拾われたように。

色彩鮮やかな集落に近づいてよく見ると、外壁は一様ではない。トタンや板、煉瓦、あるいはセメントで塗り込めた部分もある。継ぎ接《は》ぎごとに異なる色が塗られている。塗料も荷崩れの中から拾ってきたのかもしれない。港に漂着した廃材を拾っては貼り、継ぎ足しては塗る。白一色の壁に仕上げることができなかった、イタリア移民達の無念を思う。あるいはあえて多色に塗り分け、底辺から這い上がってみせる、と、気持ちを奮い立たせようとしたのかもしれない。

鮮やかな色は青空に映え過ぎて、いっそう哀しい。無数の色の集積に、移民の明日への切ない思いを見る。無数の切れ端が集まって、ひとつなのに多種の町の顔がここにもある。

リグリアに住んだ頃、船大工と知り合った。小さな漁港を散歩しているとき、船を曳く枕木を見つけて立ち止まったのがきっかけだった。

兄弟が昔ながらの工法で木造船を造っている。二人はもう結構な年で、無愛想でいかにも職人風だった。港に下りていくたびに前を通り、材木が一艘の船へと次第に仕上がっていくのを見た。

ついに、進水。祝杯。

それからは、散歩ごとに海のことや漁の話を聞くようになった。リグリアの漁業は近海ものの小魚や貝ばかりで、その魚も廉価な青背が大半である。かつては季節ものの鯛や鰯の稚魚が高価で売れたこともあったが、今では漁場を保護するために捕獲が禁じられてしまった。

この海では、倹しい漁業よりも海運業である。船大工兄弟が造るのも、昔ながらの貨物船だった。でっぷりと腹が低くて広い。いろいろな古式船を見てみたくなり、ジェノヴァに向かって港を順番に訪ねてみようと思った。それを聞くと兄弟は、古式の船型を専門に手がける船大工仲間を何人か紹介してくれた。樹脂製でエンジン付きの高速ボートが主流の今、わざわざ手のかかる木で船を造ろうというような注文主は少ない。

「皆、相当の変わり者だが、本物の海好きばかりだ」

船工房巡りは鄙びた港巡りでもあり、港町の頑固者を順々に並べ見ていくということでもあった。潮の香に交じって鼻を突く木の匂いに分け入り、鉋屑《かんなくず》や削り粉に塗れながら船を見ていると、いつの間にか時を遡り古の海を航海している気分になった。

作業船を見たいのならヴェネト州だろう、とジェノヴァの近くの船大工が勧めた。ヴェネツィア本島周辺の干潟を回るといい、と言う。

塩戦争でジェノヴァに負けた港町や、内海にぽつんと浮く漁師が住む島、大陸側の貨物港で働く荒くれの船乗り達。

「あっちにも、港の数だけ船と変わり者がいるからさ」

冬の底を選んでヴェネツィアを訪ねた。二月のカーニバルまではたいした行事もないので、宿や店、食堂の大半が休業している。閑散とした本島から水上バスをいくつか乗り継いで、干潟を回る。本島の北側には、大陸との間に静かな浦が広がっている。大きな入り江に抱かれて、小さな海がそこにある。中世にはかなりの水深があったといい、大型船も頻繁に往来していたらしい。今ではひっそりとした内海に、異国からの船が静かに入ってくる様子を思い浮かべる。長い航海を終え、やっと地を踏みしめたときの旅人達の安堵感を思う。しかしその陸は不動の大地ではなく、沈んではまた浮かび上がり霧に隠れては姿を現す、揺らぐ地なのだった。

未来永劫に続く安泰はない。

建物の荘厳なファサードが水面に映り、しかし間もなくさざ波に砕けて小片となって消えていく。

最後に乗り継いだ水上バスは、船幅が狭く底の浅い小型船だった。甲板席はなく、細長い船底に下りて座った。乗客は私一人だった。船長はフェルトの帽子を目深にかぶり直すと、前よし、後ろよし、と小声で点検を行った。栈橋で待つ間に、頬は外気ですっかりかじかんでいる。あたりには綿を薄くちぎって重ねたように霧がかかっている。低いエンジン音を立て船は浦に出る。地図からすれば、ものの十分ほどの航路だろう。舳先の向こうには、目的地の小島がもう見えている。船がそろそろ進むと霧ところが栈橋を離れるとすぐに、船長は速度を落とした。船がそろそろ進むと霧が割れて細切れに景色が現れるが、たちまち霧が流れ戻り視界が阻まれる。灰色の中に潟に打ち込まれた木の杭の列が見え隠れしている。小さな海を縁取りしているように見える。船長は杭に従って静かに船を進める。杭は水深を知らせているのだ。外側は浅瀬になっていて、航路を誤ると船底を掠ってしまう。波のない内海は深い緑色をしているので、目を凝らしても水中の様子がわからない。杭は水先案内役なのである。

水面に突き出る葦《あし》は薄茶色に枯れている。時おり飛んで行くカモメは白々として、水墨画の中に入り込んだかのようだ。

彼方に、ちらり。黄色が瞬いた。すると船長はエンジンをふかし、一直線に色のほうへ向かった。

そこは、漁師が住む島だった。大陸とヴェネツィア本島との間に位置し、かつては重要な中継港の役割も果たしていたらしい。まだ一帯の水深が深かった頃には、そこそこの近海ものも獲れたのではないか。あるいは、大きな船で遠洋へと出ていき豊富な漁獲を狙ったのかもしれない。

突然、前方に赤い家や緑の壁、真っ青のドア、紫の屋根が見えてきた。

かつて漁師達は、遠目にも見分けが付くように思い思いの色で自分の家を塗った。

それはまた、無事に帰還するその瞬間を多彩な色で喜び、祝うためもあったのではないか。

船が近づく。いっせいに色がさんざめく。

ヴェネツィア本島に戻り、大運河から何度か角を折れて奥へと入っていく。リアルト橋に近いが路地が複雑に入り組む一画で、観光客は迷うのを恐れて入ってこない。

時間が止まったままのような佇まいの漁師の島に陶然とし、自分がどこにいるのかわからなくなってしまった。簡単に着く道よりも、路地に任せてどこかに連れていってもらおう。右左と曲がるのを繰り返すうちに、すっかり方角がわからなくなった。怖くもなく、不安もない。この先に未知の光景が待っている、とドキドキしながら歩く気分は、車を駆ってニュースになる話を探しにいくときと同じだった。戻るときの目印にしようと壁に付く水苔や黒カビの形を見たり、頭上に翻る洗濯物から住人のことを想像したり、流れてくる匂いに献立を想像したり、橋のたもとに祀られた聖母像に手を合わせたりした。車の通らない町で、音も匂いも色も沈殿している。

迷えば迷うほどよかった。白昼夢を見ているようだった。

行き止まりかと思った回廊の先に数段の階段があり、下りて曲がると小さな広場に出たりした。水路は狭く、橋は低い。そこをゴンドラが通る。支流のようで、大運河へと繋がる要の水路なのだ。低い橋架の下を船頭は身をかがめ、櫂《かい》で橋のたもとを強く突きながら、「ホーエーィ」と声をかけてゴンドラを進めていく。私は、櫂が立てる静かな水音の後を追う。

小さな橋を渡ると、飾り気のない教会の正面に出た。向かいには、壁面一面がガラス張りのモダンな外観の建物がある。ガラス越しに、白黒、白紺、白赤の横縞が見えている。

入ると、地産のワインや料理を専門とするレストランだった。窓際の縞模様は、ゴンドラ乗り達なのだった。日焼けした男達が、仕事から上がったのだろう、盛大に飲み食いしている。そこだけ夏が後戻りしてきたような賑やかさだ。訛りが強く、言葉は荒く、傍若無人に笑っている。内容はほとんどわからないけれど、淫靡《いんび》で下卑たことらしいのはおおよそ見当が付く。舟から降りた船頭達は、人心地と酒と陸に酔っている。

店の奥にいた大柄な青年がカウンター席にいた私のところに駆け寄ってきて、

「聞き流してくださいませんか」

羽目を外すゴンドラ乗り達の失敬を詫びた。

まだ三十になったばかりというところか。堂々と落ち着いている。ゴンドラ乗り達の悪ふざけにそこそこ応じながらも、野卑な言葉遣いを控えるようやんわり窘めたりしている。

青年の客あしらいの見事さに感心し、注文を頼むときに話をした。若いのに、店長なのだ。人懐っこい語尾でのんびりと話すのを聞いて、目の前にプーリア地方の空と海が広がった。

「アルベロベッロの生まれです」

青年は嬉しそうに頷いた。

石を積み上げただけの素朴な家屋《トゥルッロ》が建ち並ぶ、小さな町を思う。私が大学生だった頃、プーリア州出身の友人の案内で訪れたことがあった。町には小道が入り組み、どの家屋の屋根も濃い灰色の石を円錐形に積み重ねていて見分けが付かず、やがてどこを歩いているのかわからなくなった。

旅の中の旅。

あの頃まだ生まれていなかった青年が、今、こうして遠いヴェネツィアで働いている。

北で路地に迷い、気が付くと遠い思い出への迷路の入り口に立っている。三十数年前の景色が蘇る。アルベロベッロが会いに来たように思う。

「それはきっと南部が呼んでいるのよ」

ミラノの行き付けのバールにいる。ヴェネツィアで知り合ったアルベロベッロ出身の青年の話を店主としていると、横にいた若い女性がふと口を挟んだ。南部の強いアクセントで。

夕方になると、一日の終わりに乾杯するためにバールに立ち寄る。同じ時刻には、同じ顔ぶれがいる。毎度、注文するものも同じである。互いに名前も素性も知らない。尋ねたりすることもない。一杯飲んで、「それではまた」。素っ気ないのが一番の気遣いだ。近しいようで遠い者どうしが、カウンターに並んでひと言二言、交わす。その日のミラノを摘《つま》み食《ぐ》いする。

〈南部が呼んでいる〉と、少々大仰な言い方をした若い女性は、黒髪に大きな目が印象的な、常連に新入りした客である。最近、店の上のアパートに引っ越してきた、と店主から聞いていた。質素な服装といつも瓶ビールを頼むのは、働き出してまだ間もないのと、故郷を離れての一人暮らしだからだろう。強い眼差しとスポーツジムで鍛えた身体にピンヒールとウエストを強調したジャケットスーツ、といったミラノ風キャリアウーマンとは対極を成している。垢抜けないが、動じない。鈍感なのではなく、かといって自意識が強いわけでもない。自分をよく知っていて、身なりも表情も言うことも等身大なのだ。故郷を離れ頼りになるのは己だけ、という心得ができているのだろう。

その日を機に私達は、毎夕一杯分ずつあれこれ話すようになった。

山を越えて通った高校。地方線を乗り継ぎ二日かけて着いたミラノでの大学受験。都会の恋。「帰ってきなさい」。地方公務員の父親。一キロ一ユーロ（約百三十円）の故郷の野菜の味。臨時雇いの身上。晴れない空。沁み入る寒さ。ミラノで独り。

寂しくないのか、と尋ねると、

「だいじょうぶ」

若いマッダレーナは両手を胸に重ねて言った。これまで大勢の先達がしてきたように、彼女も故郷を胸の内に抱いてミラノへやってきたのだ。

その彼女がふっつりとバールに来なくなった。

里心が付いたのかもしれない。読みかけの短編集を失くしたような気持ちでいると、しばらくして真っ黒に日焼けして戻ってきた。コートジヴォワールに住む、同郷の親友に会いにいっていたのだという。幼馴染みはミラノで学業を終えてからアフリカに渡り、学校や保健所を造っている。

大学時代、親友は抜きん出て優秀だった。伝染病も多い厳しい生活環境で苦労しなくても、他に働き口は見つかるだろうに。説得して連れ戻す目的で、マッダレーナはアフリカに向かったのだった。

燃えるようなオレンジ色の土。簡素な石の家。深い森。顔が青く染まりそうな空。その向こうに、海。

「全然違うのに、同じだったの」

マッダレーナは、友人が移り住んだ先の写真を何枚も見せてくれた。最初のほうは、現地の建物や道路、空港や山や大地の遠景といった記録写真ばかりだったのが、次第に食卓の様子や小学校の授業風景へと変わり、やがて裸の男達が集う様子や乳飲み子に胸をはだける母親、石でできた家の前で微笑む老女、放し飼いの豚や鶏を追う子ども達、風通しのためにガラスをはめない窓、水溜まりだらけの泥道で遊ぶ幼な子、と焦点が人に移っていった。

最後の写真には、宿舎の入り口に立つ男が写っていた。現地人で、肌は褐色というよりほとんど墨色で目ばかりが光っている。口元がよく見えず、表情はわからない。年齢もわからない。確かにこちらを向いているのに、目はどこか違うところを見ているようだ。アヴォという。

彼は数年前にスタッフが寝起きする宿舎を訪ねてきて、そのまま居着いた。誰とも話さない。笑わない。夜間、寝ずの警備をする。野獣も毒虫も恐れない。目を光らせて立っている。夜警が明けると皆の朝食を仕度してから、静かに自室に引き上げる。それ以外はいつも宿舎の入り口に立って、じっと皆を見守っている。

かつて彼は、内陸の村で妻と子ども二人と暮らしていた。あるとき家畜を売るために、はるばるこの近くまでやってきた。初めての旅だった。ところが買い手は悪党で、アヴォから家畜を手に入れると代金を払わずに逃げてしまった。欺《あざむ》かれるということを知らなかった。それほど平和な毎日を送っていたのだ。旅先で無一文になって、わけがわからないまま彷徨った。流れ着いた先が、マッダレーナの親友の寝泊まりする宿舎だったのである。茫然自失で、何を訊いても口を開かない。現地の仲間がようやくアヴォから事情を聞き出せたのは、彼が住み込みで働くようになってから三年も経ってのことだったという。

「家畜を連れて発って以来、家族に一度も連絡をしていなかったのよ」

帰路の手段も、沽券も希望も、すべてを一度に失ったのだ。家族に何と言えばいいのか。彼の笑わない目、言葉を失った口元を思う。

仲間がカンパして、スーツとシャツ、靴を新調して贈り、アヴォを故郷に送り出した。三年ぶりに戻った故郷で彼が目にしたのは、自分の弟と再婚した妻だった。アヴォは一人で戻ってきた。

マッダレーナの故郷にも、遠方に働きに行ったまま音信の絶えた人が何人もいる。離散した家族の悲哀をいくつも見てきた。アヴォの件は他人事《ひとごと》ではなかった。

自分が寂しいときにするように、マッダレーナは彼を海に誘った。宿舎から海まで歩いて三十分もかからない。それなのに、彼はまだ海を見たことがない、と聞いたからだった。友人に通訳を頼み、〈海〉というのは広くて力に溢れ、堂々と美しく、清々しい香りがして、目にするだけで気持ちが安らぐ、と懸命に説明して誘った。

アヴォの休日がやってきた。部屋から出てきた彼は、新調してもらったスーツを着込んで真新しいままの革靴を履いている。マッダレーナと親友は、彼を連れて海まで歩いた。

ああ、とアヴォは静かに息を吐くと、

「マダム・メール《海》!」

目の前に広がる海に向かって敬々《うやうや》しく挨拶したのだった。

「どこも似ていないけれど、全くそっくりだったのよ」

彼女は強い南部訛りでそう言い、いつもの通り瓶ビールを空けてしまうと、じゃあまたね、とバールから出ていった。

あとがき

「無人島に行くとしたら、何を持っていくか」

そう自問自答しながら暮らしてきた。日本のマスコミにニュースを送る仕事に関わってきたためネタを追いかけて移動ばかりで、できるだけ身軽なほうがよかった。事件は時間や場所を選ばない。起こったら、発つ。予定は未定。初めて行く場所も多い。知り合いも土地勘もない。寒いのか暑いのかわからない。改まった席があるのかもしれないし、沼地が待ち受けているかもしれない。お洒落靴にスポーツシューズ。雨は降るかしら。待ち時間用の本。手土産。現金。地図と時刻表。薬。着替えは二泊分。カメラ。レコーダー。フィルム。ミニカセットテープ。電池。住所録。小袋いっぱいの公衆電話専用コイン。クラッカーに板チョコも……。コンビニは今でもないし、昔はスーパーマーケットすら少なかった。長らくイタリアは、手軽に不備を補える国ではなかった。備えあれば憂いなし。荷物は嵩張り、足は鈍った。

しかし、鞄の中身は自分のあり様そのもの、とやがて気が付いた。旅の鞄が重いほど、世間に不慣れであり臨機応変に処せないという証拠だった。

いっそ身ひとつで。

荷を減らすと不便さに往生したけれど、代わりに知己が広がった。人に尋ね、手を借り、返礼に再訪し、点は繋がり線となった。無数の旅を経て、線は四方八方へと延びている。ぷっつり途切れてしまった線もあれば、交差しながらずっと続くものもある。長年かけて築いてきた自分の軌跡を、誇らしい気分で一本ずつ辿り直す。すると、置き忘れてきた笑い声が耳元に蘇り、味わい損ねた食卓の湯気が立ち上ってくる。

イタリアからイタリアへ。

ここでもないどこかを探し続けてやっと着いたのは、つい今しがたまでいた場所なのだった。

二〇一六年一月

内田洋子

解説

宮田珠己

個人的な話で恐縮だが、私はイタリアに行ったことがない。

結婚したての頃、妻と連れだってユーラシア大陸を陸伝いにヨーロッパまで旅行したことがある。アジアを抜け、トルコからギリシャに入ったところで、イタリアを経由してイベリア半島方面へ向かうか、バルカン半島を北上して東ヨーロッパへ向かうか悩んだ。気ままな旅だったから、どこに行こうと自由だった。われわれは迷った末に北上を選んだ。イタリアやスペイン、ポルトガルなどの国々はそのうちまた来る機会があるだろう、それに対してマケドニアだのセルビアだのに来ることは今後ないかもしれないと判断したのだ。それなりに考えた末の決断だったが、その後二十年以上が過ぎた今も、イタリア、スペイン、ポルトガルには一度も足を踏み入れていない。実にもったいないことをしたものである。

正直な話、そのとき自分がマケドニアとイタリアどっちに興味があったかといえば、それはもう断然イタリアだった。それなのに、もう二度と来ないかもしれないという漠然とした印象を優先し、本音を脇に置いて北上してしまった。

自分の本心に従い行きたいところに行けばいいのに、妙な計算をして誰も望んでいない回り道をしてしまう。そういうところが自分のダメなところなのだった。おいしいものは最後にとっておくタイプといえば聞こえはいいが、最後に食べようと思ったらテーブルから落っことして食べ損ねるタイプとなれば、それはただのマヌケである。

そんな私から見ると、内田さんのやりたいことからやる行動力は、まばゆいばかりだ。

本書には途切れ途切れながら、内田さんが自分の人生を前のめりに切り開いていったときの心境が、街の風景や出会った人々の描写に差しはさまれるようにして顔を出す。

たとえばイタリア語を学びはじめて二ヶ月余りしか経っていないのに、商談のため訪日するイタリアの機械メーカーの通訳のバイトをした話。観光客相手のガイドならともかく、商談の通訳はハードルが高すぎる。無鉄砲といってもいいかもしれない。それでも、何としても現場に出たかった、と内田さんは書いている。

まあ現実問題として、何事もやってみればなんとかなってしまうことは多いし、実際結果オーライだったわけだが、ふつうは尻込みするでしょ。

さらに卒論を書くにあたり、それがどんな問題かわかってもいないのに、南部イタリア問題を調べたい、といってイタリアに飛んでしまう。過去の文学などに当たるより、直接行って、見て、聞こうと考える。

そして帰国後、同級生たちが次々と就職を決めるなか、イタリアを置き去りにできず、〈安閑とした暮らしか、毎瞬が車線変更のような波乱万丈か〉迷った末に後者を選んだあたりから、行動力がフルスロットルである。

卒業しても、当然、望むような仕事はない。

就職しないのだから、当たり前である。

しばらく日本でアルバイトをしたのちに、内田さんはミラノで事務所を開く。そのあたりの経緯は詳しくは描かれていないが、いきなり海外に事務所を開くのは、かなりの蛮勇ではないだろうか。

ただ、こう書くと、チャレンジ精神にあふれ、やがてビジネスの世界で頭角をあらわしそうな女性という印象が際立つわけだが、内田さんがそれともまた違うのは、突然思い立って船に住んだりするところだ。

船に住む？

操縦もできないのに船を買い、サルデーニャ島の港に係留してそこに六年間も住んだという。

　なんだ、そりゃ。

　理由はあるようなないような、まあ、その船に惚れたというか、情にほだされたような状況らしいが、それにしたって異国の地でひとり身の女性が船なんかに住んで大丈夫なのだろうか。強盗とかシケとか、いろいろ問題がありそうではないか。しかも何かあっても自分で操縦もできないのである。日々の生活だって不便なのでは？

　あまりに想像を超えているので、状況がイメージできない。

　そのぐらい無鉄砲というか、場当たり的なのであった。

　そんな内田さんの行動を読むにつけ、私はある言葉を思い出さずにいられない。

「人生がつまらないのは、あなたが冒険していないからだ」

　誰の言葉かといえば、実は私が今思いついたんだけれども、まさに内田さんは冒険するように生きている。

　しかしそれではこの本が、内田さん自身の波乱万丈の人生を描いた冒険譚なのかというと、それは違う。そういった自分史的な内容はところどころに紛れ込んでいるものの、本書の主役はやはり内田さんの琴線に触れたイタリアの人々や街の風景である。

その美しさと優しさと、ときに哀しさが、精緻な文章によって綴られている。

印象的な話はいくつもある。

ナポリで初めて大学の指導教官に会う日、路線バスに乗ろうとするも渋滞がひどく、バスは三十分待っても一時間経っても来ない。初日から大遅刻で泣きたい気分になるのだが、そういえば前日の電話で教授が「明日、午前中に会いましょう」と言ったことを思い出す。それはつまり、十時かもしれないし十二時かもしれないということだった。この街では不測の事態も織り込み済みなのだ。

日本と異なる時間感覚。まさにそれは若い女子学生にとって洗礼だったといってもいいだろう。

そしてここから内田さんの文章がみずみずしく輝きだす。この一見無駄な時間を贅沢なものとして味わい、朝の街の姿を愛おしむように描くのだ。幼稚園に行きたくないと泣きじゃくる子どもの姿や、杏ジャムの甘い匂い、さらにはバスのさまざまな乗客の様子など。

突然世界が違って見えてくるこの転換。

私はここで見事にもっていかれた。

まるでふりそそぐ朝の光が見えるようだった。

ひょっとすると、このときにエッセイスト内田洋子が誕生したのではないかと、私は想像する。現実にナポリの街でバスを待っていたこの瞬間、彼女は世界の認識をあらたにし、さまざまなものやことを観察する人になった。この転換がなかったら、エッセイスト内田洋子は誕生しなかったのではあるまいか。

彼女のエッセイはそこからさらに進化していく。

市井の人々のささやかな哀しみを描いたくだりはとりわけ胸に響く。コンペで勝ち取った仕事を横取りされた建築家の友人、南部の小さな町で不自由のない暮らしに退屈する同級生、沖に出るたびに女性を連れて戻り得意気だが、結局連れ添う相手の現れなかった船乗り。

一般的な幸せをつかみそこねた、ほどほどに不幸な人たち。彼らを見つめる彼女の視線が、突き放しているようでいて、やわらかく包み込む優しさに満ちている。おかげでイタリアに一度も行ったことのない私でも、そんな市井の人たちのことを共感とともに思い浮かべることができた。

どんな土地にも人の営みがある。当たり前のことだけれど、読むほどに、それが実感として身に染みてくる。イタリアだろうが日本だろうが、地球上の全員がみんないとおしく思える。

ああ、もっと思うように生きていいのだ。

本書を閉じたとき、そんな気持ちがほのかに残った。

それは内田さんの行動力に感化されたのか、優しい視線に心ほぐされたのか、きっとその両方だと思うけれど、たとえ夢やぶれることになったとしても、もっと思うように生きていい。なぜなら世界はいつも輝いているから。

人生を豊かにする本とは、こういう本のことをいうのだ。

（みやた たまき／作家）

イタリア発《はつ》イタリア着《ちゃく》　朝日文庫

2019年２月28日　第１刷発行
2021年６月30日　第２刷発行

著　者　内《うち》田《だ》洋《よう》子《こ》

発行者　三宮博信

発行所　朝日新聞出版
〒104-8011　東京都中央区築地5-3-2
電話　03-5541-8832（編集）
03-5540-7793（販売）

印刷製本　大日本印刷株式会社

ISBN978-4-02-261955-6

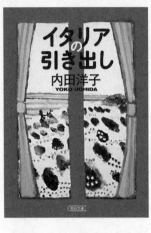

群 ようこ
ゆるい生活

ある日突然めまいに襲われ、訪れた漢方薬局。お菓子禁止、体を冷やさない、趣味は一日ひとつなど、約六年にわたる漢方生活を綴った実録エッセイ。

萩尾 望都
一瞬と永遠と

人生の意味、雪の情景、忘れ得ぬ編集者、手塚治虫ら様々な表現作品への思い——。独特の感性と深い思索に圧倒されるエッセイ集。《解説・穂村 弘》

ドナルド・キーン
日本人の質問

著者が受けた定番の質問から日本人の精神構造や文化を考える表題作ほか、ユーモアたっぷりに綴られる日本文化についての名エッセイ集。

沢木 耕太郎
銀の森へ

『グリーンマイル』『メゾン・ド・ヒミコ』『父親たちの星条旗』などの映画評から始まるエッセイ集・前編。《解説・石飛徳樹》

沢木 耕太郎
銀の街から

『バベル』『ブラック・スワン』『風立ちぬ』などの映画評から始まるエッセイ集・後編。文庫版あとがきを収録する。

脚本・輿水 泰弘ほか／ノベライズ・碇 卯人
相棒season9（上）

右京と尊が、夭折の天才画家の絵画に秘められた謎を追う「最後のアトリエ」など七編を収録した、人気シリーズ第九弾！ 《解説・井上和香》